漢宮秋

馬致遠　撰
王星琦　校注

三民書局

漢宮秋　總目

引言

王星琦

漢宮秋雜劇，是「元曲四大家」之一馬致遠最有代表性的傑作。明人臧晉叔輯刻元曲選，將其置於百種之首，視為壓卷之作。曲論家亦多以為漢宮秋是馬致遠寫得最好的雜劇作品，是一本文學價值極高的戲劇，甚至稱其為元雜劇之冠冕。

一

關於馬致遠的生平事跡和漢宮秋雜劇的寫作時間，由於資料的匱乏，很難確切而詳盡地揭示清楚，前輩與時賢根據一些零星的材料以及馬氏的雜劇、散曲作品互證、推考，做了大量工作，大體上可以勾勒出一個粗略的輪廓。

鍾嗣成的錄鬼簿將馬致遠列在「前輩已死名公才人，有所編傳奇行於世者」中，謂其「大都人，號東籬，任江浙行省務官」。寥寥十三字而已。致遠是其字，東籬為其號，名則付之闕如。元代同姓名的例子較多。孫楷第先生的元曲家考略中就列出了「至元人集中所記有三個馬致遠」，即許州馬致遠；集慶馬致遠；廣平馬致遠。孫先生懷疑廣平馬致遠可能是曲家馬致遠❶，然也只是懷疑罷了，無法坐實的。葉德均先生在他的元代曲家同姓名考一文中❷，也列出了三個馬致遠，其中許州馬致遠與孫楷第先生所列為同一人，均據王惲秋澗先生大全文集卷五十九，完全可以排除。另一位秦淮馬致遠，做過「廣西憲掾」，實即孫楷第所列之集慶馬致遠，都是據明人張以寧翠屏集卷一中的一首題畫詩。此是一位畫家，更與曲家馬致遠扯不上關係，亦可排除。此外，有人據畿輔通志、河間府志、東光縣志等又發現了一個馬視遠，方志中逐漸附會成了東光馬致遠。此人是元末明初人，亦與曲家馬致遠毫無瓜葛❸。總之，曲家馬致遠是至元到泰定間人，其籍里，在發現確鑿證據之前，仍當以錄鬼簿所載的大都（今北京）為是。

馬致遠的生年，通過長期以來各家的推考，基本上形成了共識，即生於西元一二五〇年左右。理由主要有三：

❶ 見孫楷第元曲家考略第一二八頁，上海，上海古籍出版社，西元一九八一年。

❷ 見葉德均戲曲小說叢考（上）第三二八頁，北京，中華書局，西元一九七九年。

❸ 詳可見張月中馬視遠不是曲家馬致遠一文，原載加拿大愛華報，西元一九九一年三月二十九日、四月五日。又見於元曲通融（下）第二〇〇四頁，太原，山西古籍出版社，西元一九九九年。

其一，在元淮金囦集（涵芬樓秘笈十集）中，有三首詩涉及到馬致遠的雜劇，明顯隱括馬劇曲詞。其中弔昭君詩題下曰：「馬智遠詞」。此詩第五、六句襲用漢宮秋第二折之〔賀新郎〕曲，只將「黑江」改作「黑河」。可知「馬智遠」當是「馬致遠」之誤。元淮的昭君出塞詩，則多脫胎於漢宮秋第三折中的〔新水令〕等曲。此外，元詩試墨副題岳陽詞，第三、四句由馬致遠岳陽樓第一折〔混江龍〕點化而來。最早提出這個問題的是日本學者吉川幸次郎，他在西元一九四八年刊行的元雜劇研究中推斷出元淮是在溧陽任總管時寫下這些詩的。元氏任溧陽總管時在至元二十四年至二十八年（西元一二八七——一二九一年）。可以想見，此時漢宮秋和岳陽樓等雜劇已廣為流傳，故元淮取而點染為詩❹。漢宮秋和岳陽樓雜劇淒婉蒼涼，藝術上也非常純熟，不可能是馬致遠二十歲左右初出茅廬時的作品，倘若是三十歲後寫出則差足可信。由此可以推測出馬致遠生年當在西元一二五〇年左右，即海迷失后稱制或元憲宗蒙哥稱帝前後。

其二，散曲家張可久有〔雙調．慶東原〕次馬致遠先輩韻九首，既稱「先輩」，想年齡差距當在二十歲左右。小山至正初七十餘歲，其生年應在元世祖忽必烈至元七年（西元一

❹ 關於由元淮詩推測馬致遠的生年和漢宮秋的寫作時間，中國學者也多有考訂，其中以劉世德從元淮的五首詩談元雜劇的幾個問題一文最為詳盡，可參閱。

二七〇年）前後，那麼，馬致遠生年即是西元一二五〇年前後。又，馬致遠有散曲〔雙調．湘妃怨〕和盧疏齋西湖，而盧摯為至元五年（西元一二六八年）進士，其生年當在定宗貴由稱帝至海迷失后稱制間（西元一二四六——一二五〇年）。既互相唱和，馬、盧之間年紀應相彷彿。

其三，錄鬼簿中說馬致遠曾做過「江浙行省務官」（天一閣本作江浙省務提舉），查元史世祖本紀、百官志等，元代江浙行省原為江淮行省的改稱。一次是至元二十一、二十二年間改江淮行省為江浙行省，二十四年正月又改回稱江淮行省；另一次是至元二十八年十二月再改江淮行省為江浙行省。參照前文元淮任職溧陽的推考，馬致遠當是在至元二十一年至二十四年（西元一二八四——一二八七年）間到江浙行省任職的，其時三十五歲左右。

以上三點，足以說明問題。其他一些旁證材料，就不在這裏一一列舉了。

馬致遠的卒年，相對比較清楚。他有散曲〔中呂．粉蝶兒〕，其中有句：「至治華夷，正堂堂大元朝世。」元英宗至治改元乃在西元一三二一年，前後三年，到西元一三二四年泰定帝改元泰定。正是在這泰定甲子秋，周德清在其中原音韻自序中說，關、鄭、白、馬四大家已然辭世，即所謂「諸公已矣，後學莫及」。至治間尚能度曲，泰定元年已不在人世，故馬致遠卒年便限定在西元一三二一至一三二四年之間。因而鍾嗣成完成於至順元年

（西元一三三〇年）的錄鬼簿，將馬致遠列入「前輩已死名公才人」之中，就順理成章了。

同樣是因為文獻資料的匱乏，要系統描述馬致遠的生平、思想以及他的作品具體創作時間，是非常困難的。好在我們從他的散曲和雜劇中，依稀可以捕捉到一些零星的信息，從而粗略了解其身世行狀。

馬致遠生於一個富裕之家，自幼即受到良好的教育，這為其日後的文學創作奠定了扎實的基礎。他在〔大石調・青杏子〕悟迷套的〔歸塞北〕曲中寫道：「當日事，到此豈堪誇。氣概自來詩酒客，風流平昔富豪家。兩鬢與生華。」這是晚年時對自己青少年時代生活的回憶。又〔雙調・撥不斷〕云：「九重天，二十年，龍樓鳳閣都曾見。綠水青山任自然。舊時王謝堂前燕，再不復海棠庭院。」看來馬致遠二十歲之前家境相當好，在京城中稱得上是大戶人家。他早年也曾和所有封建時代的士子一樣，一度醉心於功名：「且念鯫生自年幼，寫詩獻上龍樓。都不迭半紙來大功名一旦休。」（〔黃鐘・女冠子〕殘套之〔黃鐘尾〕）由於眾所周知的原因，元代科舉路斷，選官途徑非同以往。正如胡侍真珠船卷四中所說的那樣：「蓋當時，臺省元臣、郡邑正官及雄要之職，中州人多不得為之，每沉抑下僚，志不得伸，如關漢卿乃太醫院尹，馬致遠行省務官，宮大用鈞臺山長，鄭德輝杭州路吏，張小山首領官，其他屈在簿書、老於布素者，尚多有之，於是以其有用之才，而一寓乎聲歌之末，以抒其拂鬱感慨之懷，所謂『不得其平而鳴焉』者也。」❺這裏提到了馬致遠，並將他視為「屈在簿書、老於布素」的典型人物。生不逢時的馬致遠，雖有攀龍樓、遂功名的霓虹壯志，卻因賢路閉塞、仕進無門，不得不屈己降志，去做為人驅使的省務官或省務提舉。殘酷的現實對於一介書生來說，是不勝其苦的。在連連碰壁、苦掙苦熬之中，馬致遠抒發著內心無法遏制的牢騷與憤懣：

夜來西風裏，九天雕鶚飛。困煞中原一布衣。悲，故人知未知？登樓意，恨無上天梯！（〔南呂・金字經〕未遂）

佐國心，拏雲手，命裏無時莫剛求。隨時過遣休生受，幾葉綿，一片綢，暖後休。

（〔南呂・四塊玉〕嘆世）

差不多奔波勞碌了二十年，又經歷了做地方小吏的種種坎坷，親眼目睹了仕途的艱難險阻，馬致遠認命了，他決定與「密匝匝蟻排兵，亂紛紛蜂釀蜜，急穰穰蠅爭血」（〔雙調・

❺ 焦循劇說卷一，見中國古典戲曲論著集成（八）第九〇頁，北京，中國戲劇出版社，西元一九五九年。

夜行船〕秋思）的醜惡官場徹底訣別，一心歸去來，意欲高蹈遠隱了。

世事飽諳多，二十年飄泊生涯。天公放我平生假。剪裁冰雪，追陪風月，管領煙花。（〔大石調．青杏子〕悟迷）

東籬半世蹉跎，竹裏游亭，小宇婆娑。有個池塘，醒時漁笛，醉後漁歌。嚴子陵他應笑我，孟光臺我待笑他。笑我如何？倒大江湖，也避風波。（〔雙調．蟾宮曲〕）

兩鬢皤，中年過。圖甚區區苦張羅？人間寵辱都參破。種春風二頃田，遠紅塵千丈波，倒大來閒快活。（〔南呂．四塊玉〕嘆世）

此類曲子在東籬樂府中數量最多，足見其感悟之深，體味之切。隱居避世，西村幽居，彷彿快活瀟灑，而內心的不平與怨忿，卻是不言而喻的。劉永濟先生曾就元人散曲風格之形成分析道：

北宋之初，猶能繼軌前代，增華曩時，一旦宗社遷移，淪為異域，北方人士，已失去此文化之中樞。及金、元相繼入主，中原人士，望霓旌之無日，傷漢儀之難睹，又自深其摧痛冤結之情。而元之初盛，挾其金戈鐵馬之勢，蹂躪中原，幾不知聲名文物之足貴。昔時豐鎬，今化胡沙，血氣之淪，尤增哀憤，於是沉霾阨塞，與日俱深。加以異種驍雄，猜忌漢人。情既熾烈，法亦嚴酷。於是才人志士，既懾其威力，復沉抑下僚，乃入於放浪縱逸之途，而悲歌慷慨之情，遂一發之酒邊花外征歌選色之中。❻

此番議論，既可幫助我們理解元人散曲基本風格形成的原因，又能解釋元曲家大倡歸隱的心理依據。而馬致遠散曲似乎更具代表性。

一般都認為，馬致遠當於元成宗元貞年間（西元一二九五——一二九七年），滿懷仕進無門的惆悵與無奈，曾回到故鄉大都躋身於元貞書會，與民間藝人李時中、花李郎、紅字李二等合作編寫雜劇，成為名副其實的「書會才人」。就是在這個時期，他與寫天寶遺事諸宮調的王伯成結成忘年交❼。此時的王伯成，大約已是七十歲上下的老人了。而馬致遠，經歷了前後兩個二十年，亦當在四十歲以上了。

❻ 見劉永濟元人散曲選序，上海，上海古籍出版社，西元一九八一年。

❼ 天一閣本錄鬼簿王伯成略傳後有賈仲明挽詞，中有句云：「馬致遠忘年交，張仁卿莫逆交。」

大約在大德年間（西元一二九七——一三〇七年），馬致遠終於得到了一個任職小吏的機會，到江南去做江浙省務提舉，此時他已是年近半百了。在嚴酷的現實面前，他不甘於為人驅使，同時，面對社會的黑暗和吏治的腐敗，以及官場上的爭名逐利，爾虞我詐，他感到這份差事了無意味，更無法實現自己的理想和抱負，因而產生了退隱的念頭：「綠鬢衰，朱顏改，羞把塵容畫麟臺，故國風景依然在，三頃田，五畝宅，歸去來。」（〈南呂・四塊玉〉恬退）

馬致遠任江浙行省小吏的時間不會太長，想不過是三、五年罷。他似乎對這種味同嚼蠟的生涯十分厭倦，毅然決然地退隱了：

半世逢場作戲，險些兒誤了終焉計。白髮勸東籬，西村最好幽棲，老正宜。茅廬竹徑，藥井蔬畦，自減風雲氣。嚼蠟光陰無味。傍觀事態，靜掩柴扉。雖無諸葛臥龍岡，原有嚴陵釣魚磯。成趣南園，對榻青山，繞門綠水。（〈般涉調・哨遍〉）

曲中的「嚼蠟光陰」，當即是指任職小吏的歲月。從「老正宜」句來看，其真正過上隱居日子已是五十多歲了。其隱居處，當在南方，或以為可能在杭州附近，這是從其散曲中所描寫的環境氛圍推測的，事實上具體的地點在相關資料中並不明確。我們知道從大德年間始，元雜劇的創作和演出活動中心，漸從北方的大都轉向南方的杭州，曲家們欣羨江南的明山秀水，紛紛南移，馬致遠就地隱居，想來也是順理成章的。自然，退隱後他繼續著雜劇與散曲的創作，牢騷憤懣和怨尤不平之氣也並未稍減。元仁宗皇慶、延祐（西元一三一二——一三二〇年）間，元朝統治者為了緩和民族矛盾，拉攏漢族知識分子，以鞏固其統治地位，曾一度恢復科舉考試。儘管科考中仍有諸多不公平的規定，但對長期受到壓抑、出頭無日的漢族士人來說，畢竟是透露出一絲亮光，感覺到些微的希冀。況且此時元王朝統治已逾四十載，漢族士人遺民意識已然淡化。差不多就在這個當口，於至治改元（西元一三二一年）時，馬致遠寫了一套〔中呂・粉蝶兒〕曲，其首曲云：

至治華夷，正堂堂大元朝世，應乾元九五龍飛。萬斯年，平天下，古燕雄地。日月光輝，喜氤氳一團和氣。

一向有人懷疑，有著濃厚民族意識的馬致遠，怎麼能寫出此等為元朝統治者歌功頌德的曲子？明瞭了此曲的寫作時間與一時恢復科考的特定背景，便不會感到突兀和驚奇了。

原來困頓已久的馬致遠，和許許多多的漢族士人一樣，對長期廢止的科舉一朝重開，欣喜之情溢於言表，油然冒出了「聖明皇帝，大元洪福與天齊」的讚嘆，他覺得元仁宗、英宗較此前諸帝開明得多，寫此曲似有些不由自主。曲中的「華夷」，亦非指華夏與夷狄，而相當於後世所言的「版圖」或「輿圖」，即疆域之意。附帶說到，寫此曲時馬致遠已是七十歲左右的老人了，他未必再打疊精神去參加考試，但為漢族士人有望出頭而感到高興，寫曲子也只是表達一種心情而已。就在寫了此套曲之後未久，馬致遠即過世了，享年大約七十餘歲。

二

馬致遠的生活道路曲折、坎坷，其思想亦極為複雜。

過去人們述及較多的主要是民族意識問題和仕途路斷所引發的苦悶、彷徨問題。此外就是馬致遠劇作中的「神仙道化」、「隱居樂道」思想及其所帶來的消極傾向問題。關於民族意識問題，一向存在爭議，我們留待後文談漢宮秋雜劇時再詳細探討。這裏想集中談談馬致遠與全真道的關係，附帶論及其「神仙道化」、「隱居樂道」思想的根源。至於他仕進無門，徘徊於進取與退隱之間深不可解的矛盾之中，從而不滿於元蒙貴族的野蠻統治，似顯而易見，我們前文亦有所闡發。況且，前輩與時賢在這方面已形成共識，這裏就不展開論述了。

馬致遠的時代，全真道教在北方頗為盛行。從馬氏的雜劇與散曲作品來看，其思想與全真家有許多相通之處。儘管眼下還未曾發現馬氏參加全真教的文獻依據，諸如黃公望那樣有明確記載，但至少可以說他同情甚至心儀於全真教，類似情況還有畫家倪雲林（瓚）。

在馬致遠被稱為「萬中無二」的名曲〔雙調・夜行船〕秋思套曲中，有一曲〔風入松〕：

眼前紅日又西斜，疾似下坡車。不爭鏡裏添白雪，上床與鞋履相別。休笑巢鳩計拙，胡蘆提一向裝呆。

值得注意的是「上床與鞋履相別」一句，歷來注家多不注其出處。便是注也只是說人生短暫，前一天晚上脫下鞋子在床前，未知第二天早晨能否起來再穿上鞋子云云。實際上這是全真家的一句口頭禪。全真祖師王重陽（喆）的大弟子馬丹陽（鈺）有一首道詞〔滿庭芳〕贈王知玄，其中有句云：

尋思上床鞋履，到來朝，事節如何？遮性命，奈一宵難保，爭個甚麼？❽

在全真家的道詞中，這種喟嘆人生苦短，蔑視功名富貴的作品可以說是俯拾即是的，信手拈來，王喆〔綠頭鴨〕詞有句云：

嘆平生，景光奔走尤遄。利名牽。休空勞攘，不須頻苦孜煎。這榮耀、趁時顯現，似風燭終勿牢堅。走玉常催，飛金每促，更兼愁惱緊纏綿。覩浮世、推來暫處，四序換流年。❾

其中的「走玉」、「飛金」，與馬致遠「眼前紅日又西斜，疾似下坡車」句可謂是一脈相承，同氣相求。至於「休笑巢鳩計拙，胡蘆提一向裝呆」句，則近乎「風魔」。我們知道，「害風」乃是全真家的「家風」，王喆道詞中，「害風」、「王風」的字眼觸目即是，馬鈺甚至說「風仙風害得真風，留下家風要害風」❿。風，即瘋。全真家人人都有股子瘋勁。全

❽ 見唐圭璋編全金元詞（上）第二七一頁，北京，中華書局，西元一九七九年。

❾ 同上，第二二三頁。

真祖教碑中說，王重陽曾以「害風」自名，舉止行為皆似狂人，「於終南劉蔣村創別業居之，置家事不問，半醉高吟曰：『昔日龐居士，今日王害風。』於是鄉里見先生，曰害風來也，先生即應之，蓋自命而人云」。全真家之害風，又與其休妻棄子的乖戾行為聯繫在一起，便是所謂「兒孫枷杻，妻妾干戈。惺惺靈利邪魔」（馬鈺〈滿庭芳〉贈王知玄）。或如王喆所言：「愛子憐妻，被冤家、繫纜縈身。猛悟回頭，名韁割斷，恩山推倒重重。⓫」總之，休妻棄子的話頭，全真道士們是常掛在嘴邊的，而且，也是身體力行的。王重陽自己就是拋妻棄子，將幼女送往姻親家，隻身往南時村苦修的。「七真」中的祖師大弟子馬鈺亦自稱「馬風」，其與妻子富春氏（後王重陽賜名孫不二）乃是以斷情絕欲為代價而雙雙入道的。「七真」中的佼佼者長春子丘處機，初無姓名，鄉人皆呼為「魔哥」，其行止亦近乎瘋狂。曾自謂「幼稚拋家，孤貧樂道，縱心物外飄蓬」（〈滿庭芳〉）⓬。王重陽在山東所收的弟子長真子譚處端，一心向道，拋妻棄子，義無反顧地追隨乃師苦修。他在〈卜算子〉詞中云：「風漢閑中做，彼岸神舟渡。……割斷冤情苦，默默明玄趣。」又在〈酹江月〉

⓾ 馬鈺瑞鷓鴣，同上書第三四○頁。

⓫ 王喆宣靖三臺化丹陽，同上書第二六七頁。

⓬ 見全金元詞（上）第四五八頁、四一一頁、四○二頁。

詞中云：「修行門戶，敘次通知，先須屏子休妻。」⓭

全真家之所以如此乖戾狂怪，似不近人情，是有著深刻的社會背景和沉痛的社會心理負荷的，或可稱之為「極度苦悶中的精神分裂症」。環境之殘酷，遭際之不逢，以及對性命之事的苦苦求索，是癥結的根源。王重陽說自己「七年害風」，一旦徹悟，便猛然間變得異常清醒：「自問王三，你因緣害風，心下何處？怡顏獨哂，為死生生死，最分明據。轉令神性悟。」（〈月中仙〉自詠）⓮「七年害風，悟徹心經無罣礙。」（〈減字木蘭花〉）⓯這樣的一種由心靈扭曲轉而為心緒灰冷，以至變得近乎灰色的人生態度，當然不能簡單視為消極，宗教接納的正是此等心靈。宗教給予心靈創傷以鎮痛，藝術同樣可以撫慰痛苦的靈魂。海倫．加德納在談及世俗詩歌與宗教詩歌的關係時說：「這兩者都根據各自內在的生長規律變化和發展，並與社會變遷和各種思潮相呼應和相互作用。……藝術和學術從宗教中吸取新鮮靈感，發現新的方向，而宗教則採納並利用世俗文明的成就。」⓰無論宗教詩歌還

⓭ 同上。

⓮ 見全金元詞（上）第一八三頁。

⓯ 同上。

⓰ 英海倫．加德納宗教與文學第一五七頁，沈弘、江先春譯，成都，四川人民出版社，西元一九八九年。

是世俗詩歌，它們都「與社會變遷和各種思潮相呼應和相互作用」的說法，頗為耐人尋味。我們只要將金元文人詞與全真道詞對讀比較，再與元前期散曲印證、思考，是不難發現它們之間是相互聯繫的。全真家從金元文人詞那裏獲得了思想和形式，同時也融合了宗教修行的要義於道詞之中。元前期曲家則一方面接過全真家的某些人生哲學，雜以自己痛楚的現實感受；另一方面又獨擅其長，變詞調而為時新的曲子，從而完成了一體文學形式上的蛻變。在此過程之中，馬致遠稱得上是一位典型的曲家。不惟在散曲，即使在雜劇創作中，他同樣與全真家同氣相求，有著某種深層次上的默契，其神仙道化劇的創作很能說明問題，馬丹陽三度任風子尤為突出。按，任風子雜劇之本事，出於金蓮正宗記馬丹陽傳，任屠休妻殺子，專心學道，乃是受了馬丹陽的勸化。馬致遠寫此劇，對全真家教義多有首肯處。如第三折「參透玄機」的任屠唱道：

> 則這利名場，風波海，虛耽了一世。吃的是淡飯黃虀，淡則淡淡中有味。(〔中呂・粉蝶兒〕)

又有接下來的〔醉春風〕曲道：

石鼎內烹茶芽，瓦缾中添淨水。聽得一聲雞叫五更初，我又索起，起。識破這眨眼流光，迅指急景，轉頭浮世。

同折的〔耍孩兒〕曲尤須留意：

想咱人生在六合乾坤內，活到七十歲有幾？人身幻化比芳菲，人愁老花怕春歸。人貧人富無多限，花落花開有幾日。則是這三寸元陽氣，貫穿著凡胎濁骨，使作著肉眼愚眉。

此等曲詞，幾無異於全真家的修行法門，在全真道詞中亦可循到意同詞異的表達。早期全真教，的確是以勤作儉食、明心見性為號召的。全真家之修行，無非兩個法門：一是「默談玄妙」，一是「打塵勞」。所謂「默談玄妙」，即是以識心見性為宗，力求絜矩和簡便易行，乃是從禪宗那裏獲得的啟發；而「打塵勞」，則是指以自食其力、苦己利物為行。元好問紫微觀記有云：全真家「本於淵靜之說，而無黃冠禳禬之妄；參以禪宗之習，而無頭陁縛律之苦。耕田鑿井，從身以自養，推有餘以及之人，視世間擾擾者差為省便然」（遺山先生文集卷三十五）。王惲大元奉聖州新建永昌觀碑銘亦云：全真之教「耕田鑿井，自食其力，垂慈接物，以期善俗，不知誕幻之說為何事。敦純樸素，有古逸民之遺風焉」（秋澗先生大全文集卷五十八）。袁桷在野月觀記中似說得更為清楚：「北祖全真，其學首以耐勞苦，力耕作，故凡居處飲食，非其所自為不敢享，蓬垢疏糲，絕憂患美慕，人所不堪者能安之。」（清容居士集卷十九）也許正是在這一點上，元曲家與全真家既相同亦有所不同。宗教畢竟是宗教，全真家分明從避世以待轉入了苦行濟世；而元曲家則僅僅是遁世沉潛，留連光景，有時甚至是著意美化了隱居環境，帶著濃重的理想化色彩。只要讀讀馬致遠的一些退隱曲，是不難感受到這一點的。且看他的一首〔雙調・清江引〕小曲：

西村日長人事少，一個新蟬噪。恰待葵花開，又早蜂兒鬧。高枕上夢隨蝶去了。

這大約正是元曲家之曲與全真家之詞的根本差異之所在。總之，馬致遠與王喆的全真道，頗類陶淵明與惠遠的白蓮佛會，若即若離，卻又息息相通。而全真家之修行，並無嚴格意義上的一整套清規戒律，乃以簡便易行為要。王喆在為玉華會社親自制定的立會宗旨中說：

性命之事，稍為失錯，轉乖人道。諸公如要真修行，饑來吃飯，睡來合眼也。莫打坐，莫學道，只要塵冗事摒除，只要清靜兩個字。其餘都不是修行。（重陽全真集卷十第二十玉華社疏）

從這樣的意義上說，馬致遠是不是逕可視為處士型的全真家呢？只是他更藝術化了些罷了。青木正兒氏曾指出過：「馬致遠把這一派的道統大略處理在他的幾種作品裏面了。」⑰「這一派」，指全真教派，「幾種作品」則指馬致遠傳世的幾種「神仙道化」劇。所謂「處理」，是指藝術化地揭示了全真家的教義。值得注意的是，青木氏在解說岳陽樓時的一段話：「此劇度脫的對手是無情的草木（柳樹精——引者），所以是神仙道化劇中的異味，興味深長。在『超世的』裏面，寓有『世間的』人情味。柳樹的性格，也在從無情的草木，逐次轉化為妖精、人類、神仙的時候，呈現出一種複雜的趣味。」⑱「在『超世的』裏面，寓有『世間的』人情味」，實際上在馬致遠的神仙道化劇中是具有普遍性的。而所謂「複雜的趣味」，亦是馬劇一個突出的特點，這大約是由其思想的複雜所決定的。陳摶高臥

---

⑰ 日青木正兒元人雜劇概說第八八頁，隋樹森譯，北京，中國戲劇出版社，西元一九八五年。

⑱ 同上，第九〇頁。

算不上真正意義上的神仙道化劇，彷彿介於世俗傳說劇與神仙道化劇之間，因為陳摶說到底是神仙家。在此劇第二折中，當宋太祖所遣使臣党繼恩向陳摶討教神仙之術時，陳的回答悄然透露出劇作家思想上的複雜：

（使臣云）久聞先生有黃白住世之術，不知仙教可使凡夫亦得聞乎？（正末云）神仙荒唐之事，此非將軍所宜問也。（唱）〔牧羊關〕則你這一身拜將懸金印，萬里封侯守玉門，現如今際明良千載風雲。怎學的河上仙翁，關門令尹。可不道朝中隨聖主，卻甚的林下訪閒人？受了雨露九天恩，怎還想雲霞三市隱。

馬致遠雖被後人稱作「馬神仙」，卻並不信羽化登仙之事，他借陳摶之口道出了「神仙荒唐之事」，言外之意是說，倘遇明君賢相，天下太平，有識之士就不該避世退隱，而應於風雲際會之時，積極入世，做一番轟轟烈烈的大事業，齊家治國，濟世安民。這裏的潛臺詞是十分明顯的。陳摶所以隱居太華山中，乃是因了「五代間世路干戈，生民塗炭，朝梁暮楚，天下紛紛」，即是說，亂世當隱，治世則出。仔細讀這個雜劇，不難發現，陳摶是一個極端矛盾的形象。他一方面向党繼恩大談神仙之術的杳昧荒唐，主張「際明良千載風雲」，「朝中隨聖主」，報效「雨露九天恩」；一方面又向宋太祖誇飾學仙的種種好處，說什麼「雞蟲得失何須計，鵬鷃逍遙各自知。看蟻陣蜂衙，龍爭虎鬪，燕去鴻來，兔走烏飛。浮生似爭穴聚蟻，光陰似過隙白駒，世人似舞甕醯雞。便博得一階半職，何足算，不堪題」（〔二煞〕）。倘若將此曲與〔雙調．夜行船〕秋思套對讀發明，庶幾可見出二者如出一轍。看來是馬致遠在借陳摶之口，說自己想說的話，而陳摶內心的糾結與矛盾，恰恰是馬致遠深不可解的矛盾心理之曲折映照。換一個角度看，馬致遠不僅不做飛昇夢，亦不想名列仙班。他對全真家的那一整套思想並非全盤接受，而只是取來部分逍遙出世之想，以療自家心頭傷痛。還是那句話：他與全真家若即若離。他只是在特殊的社會文化背景下，想為世所用而又不能為世所用的一個邊緣化的知識分子，全真道教畢竟是一個特定時代知識分子的宗教。因而，說馬致遠與全真道一點關係也沒有，是不符合實際情況的。

此外，陳摶高臥中所流露出來的嚮往明君賢相和太平盛世的微妙思想，似也值得我們格外注意。這與馬致遠所以在晚年寫了那套〔中呂．粉蝶兒〕至治華夷之間，是有著息息相關的聯繫的。元英宗至治改元，是在西元一三二一年，只有兩三年光景。實際上早在英宗的父親元仁宗皇慶、延祐間，就曾恢復過科舉考試，然時斷時續，終未能成氣候，更未成為元代選官制度的主要途徑。我們知道，元仁宗愛育黎拔力八达是漢儒李孟的學生，他嘗命僉事王約譯大學衍義，曰：「治天下，此一書足矣。」（元史仁宗本紀）又曾「命國子祭酒劉賡詣曲阜，以太牢祠孔子」，以宋儒周敦頤等九人並已故中書左丞許衡從祀孔子廟廷。嘗曰：「明心見性，佛教為深；修身治國，儒道為切。」又曰：「儒者可尚，以能維持三綱五常之道也。」總之，「一遵世祖之成憲云」（同上）。據元史紀事本末科舉學校之制載，元世祖於至元二十一年時，曾詔議立科舉之法，然因種種原因而未能果行。仁宗重儒學，興科舉的決心之大，固然與其從李孟習儒學、行漢法分不開，而遵世祖遺制亦是原因之一。英宗碩德八剌近承乃父衣鉢，遠紹世祖成憲，力主開科取士，並「勵精求治」、「一新機務」。其中最重要的是廣泛起用漢族儒士，如張珪、吳澄、王約、王結等均被擢用，同時發布振舉臺綱制，推舉賢能，選拔人材。又頒布大元通制，以強化法制，推行漢法。元仁宗、英宗新政的一系列改革措施，特別是恢復科考，使晚年的馬致遠看到了一線希望，遂寫下了〔中呂・粉蝶兒〕套，對仁宗、英宗之新政不由得大加讚賞。如此看來，稱其為元王朝歌功頌德不遺餘力，似並不確切，因其並非泛泛讚揚整個元王朝，而只是就至治新政而言，且顯然更多的是為恢復科考而感到歡欣。故而我們不應因此一節去苛求馬致遠。附帶說到，令馬致遠未曾想到的是，至治新政的一系列措施，一開始就遭到一些保守的蒙古貴族上層的抵制和反對，至治三年（西元一三二三年）八月，以鐵失為首的反對派發動政變，英宗被刺殺，至治新政遂遭擱淺。

三

關於漢宮秋的命意題旨，人們已說了很多。其中爭議較大的是作品究竟寄託了民族意識與否？早在上世紀五十年代，徐朔方先生就在新建設雜誌上發表文章，明確指出馬致遠之所以表現出逃避現實的傾向，就中「含有對異族的精神上的抗拒在內」⓳。即是說，他在漢宮秋中隱約寄寓了民族意識。孟周先生不同意徐朔方先生的說法，甚至指責徐先生的研究方法是「尋章摘句」，經不起仔細推敲。孟周先生指出：「漢宮秋的主題，不是表現反元的思想，而是寫漢元帝和王昭君的愛情和離別怨恨之情。」⓴孟周先生還在文章的開頭部分逐錄了馬致遠的〔中呂・粉蝶兒〕至治華夷，以為「從這支曲子來看，不能說馬致遠是有民族思想的。當然，我們也不去從一支曲子來論斷他一生的思想，馬致遠這個人，他一生是否有過民族思想，文獻不足，我們目前還不能作結論」。我們前文已對〔中呂・粉蝶

⓳ 徐朔方馬致遠的雜劇，北京，新建設，西元一九五四年十二月號。

⓴ 孟周讀〈馬致遠的雜劇〉——與徐朔方先生商討元雜劇的研究方法，北京，光明日報文學遺產，西元一九五五年八月十四日。

兒」的寫作背景作了較為細致的分析，它是作者晚年的作品，以此來判斷馬致遠沒有民族思想，怕是沒有說服力的。而馬致遠在其他散曲和雜劇作品中曲折地流露出民族思想，卻是不爭的事實存在。徐朔方先生的文章在方法論上的確存在一些問題，但他對漢宮秋雜劇的分析及其結論，還是有道理的，至少是有參考價值的。

我們只要將漢宮秋雜劇和王昭君出塞的歷史事實作一點對比，就不難看出馬致遠有意改變了歷史：其一，漢元帝時代歷史事實是漢強匈奴弱，後者向前者稱臣納貢，而雜劇中則反是，寫匈奴恃強凌弱，以武力相脅迫，指名使漢廷獻出昭君；其二，將宮廷畫師毛延壽寫成了中大夫、選擇使（歷代職官中均無此官名），是他叛逃至匈奴，將王昭君畫像獻與呼韓邪單于，遂將原本是普通宮廷畫師的毛延壽塑造成為一個賣國投降的反面形象；其三，歷史上的王昭君入匈奴之後，既未殉節，也未曾歸漢，而是終老於塞外，所謂「寧胡閼氏，八十而終」，雜劇中卻將其寫成在番漢交界處自沉黑江以明節。以上三個方面對史實的更改，在元蒙入主中原的特定時期，說它是完全無意識的，怕是說不過去吧。實際上金元間漢族士人在詩詞曲中悄然流露出民族意識，是很自然的，也是不爭的事實存在。如劉祁歸潛志卷四中曾引用的兩首詠昭君的詩，即是明例。其一是王節（元朗）明妃詩，云：

環佩魂歸青塚月，琵琶聲斷黑河秋。漢家多少征邊將，泉下相逢也自羞。

其用意略同於馬致遠，或言馬致遠似曾受到此詩的啟迪。所謂「琵琶聲斷」，亦取自野史雜記和民間傳說，突出了王昭君的民族氣節；而漢將之自羞，亦與漢宮秋中寫文臣武將的畏縮無能乃至毛延壽的叛逃投敵異曲而同工，有正寫與反寫之不同旨趣。

再看劉仲尹（致君）題作墨梅的一首：

高髻長眉滿漢宮，君王圖上按春風。龍沙萬里王家女，不著黃金買畫工。

此首同樣不取正史而採小說家言，謂昭君不肯賄賂畫工，終致流落龍沙的遭遇。馬致遠亦取此意，且構成了其漢宮秋雜劇的主要情節。馬致遠也有散曲詠昭君，不妨也來看看他是怎樣寫的：

雁北飛，人北望，拋悶煞明妃也漢君王。小單于把盞呀剌剌唱。青草畔有收酪牛，黑河邊有扇尾羊。他只是思故鄉。（〔南呂．四塊玉〕紫芝路）

此曲關鍵句在「抛閃煞明妃也漢君王」，是說漢元帝不察，致使昭君出塞和番，特別是末句「他只是思故鄉」，淡淡寫來，卻意味深長。思故鄉即是想漢家、懷故國，其民族意識顯而易見，不寫自出。我們知道，據正史記載，王昭君原本是漢元帝的宮女，因「入宮數歲，不得見御」，而「積悲怨，乃請掖庭令求行」，即她是自願請行的。及至臨行之時，「昭君豐容靚飾，光明漢宮，顧景裴回，竦動左右。帝見大驚，意欲留之，而難於失信，遂與匈奴」。(後漢書南匈奴傳) 唯因如此，歷代文人騷客在吟詠昭君事時，便各有所取，旨趣判然有別。最為典型的是宋人王安石的明妃曲二首，力排眾議，作足了翻案文章。其中「歸來卻怪丹青手，入眼平生幾時有？意態由來畫不成，當時枉殺毛延壽」數句，用意並不僅在為畫師開脫，而是將諷刺的矛頭直接指向了漢元帝。其中由美人遲暮引發出普遍性的人生失意、特別是士人不遇的議論，顯然是一種借題發揮，意在此而不在彼。至於第二首中「漢恩自淺胡自深，人生樂在相知心」的議論，則近乎華夷不分、胡漢混淆，引來了不少的非議。如宋人朱弁風月堂詩話卷下稱同舍太學生討論王安石明妃曲，有人頗有微詞：「有木抱一者，艴然不悅曰：『詩可以興，可以怨。雖以諷刺為主，然不失其正者，乃可貴也。若此詩用意，則李陵偷生異域不為犯名教，漢武誅其家為濫刑矣。當介甫賦詩時，溫國文正公見而惡之，為別賦二篇，其詞嚴，其義正，蓋矯其失也，諸君曷不取而讀之乎？』眾雖心服其論，而莫敢有和之者。」說來還是清人方東樹的說法較為公允：「此等題各人有寄託，借題立論而已。」（昭昧詹言卷十二）宋朝是漢民族的一統天下，故其詠昭君篇什民族意識相對淡泊，而元人此類作品就大不相同了。元人詠昭君的詩詞曲似乎特別多，且看劉因的一首明妃曲：

初聞丹青寫明眸，明妃私喜六宮羞。
再聞北使選絕色，六宮無慮明妃愁。
妾身只有愁可必，萬里今從漢宮出。
悔不別君未識時，免使君心憐玉質。
君心有憂在遠方，但恨妾身是女郎。
飛鴻不解琵琶語，只帶離愁歸故鄉。
故鄉休嗟妾薄命，此身雖死君恩重。
來時無數後宮花，明日飄零成底用。
宮花無用妾如何？傳去哀弦憂思多。
君王要聽新聲譜，為譜高皇猛士歌。

這是一首七言古詩。它渾樸流宕，如泣如訴，格調別致，寄託遙深。其與馬致遠的漢宮秋雜劇異曲而同工，表達了作者對昭君傳說一種新的思考，既具有時代精神，又不乏個性色彩。不必諱言，其中的寄託與西北游牧民族奄有中國的特定時代息息相關。這位靜修先生是以「遺民」自標的名士，曾被元世祖稱作「不召之臣」。他的一首上塚詩中有句云：「故國無家仍是客，病軀未老錯呼翁。」王昭君入番地是客，劉因雖終其一生未曾離開過家鄉，然江山易主，輿圖換稿，自己又何嘗不是客呢！通讀全詩，說劉因是在明妃曲中借昭君之怨，曲折抒發自己內心的怨悵，就中寄寓了濃重的民族意識，是再貼切不過的了。君與妾，可以視為中國古典文學中自楚辭以來的一種符號表達，隱喻意義可以是君與臣，也可以引申為故國與遺民。在明妃曲的前半部分中，不難看出，作者通過昭君對漢宮以及君王的深切眷念，要表達的正是自己對故國的無限懷念，所謂「南悲臨安，北悵金源」，情緒上極為複雜。詩中的昭君形象，直可視作是作者的自況。總之，劉因這裏要表達的是與王安石相反的意義，即「漢恩自深胡自淺」。「來時」以下四句，特別值得注意。或以為「後宮花」表面上指漢宮佳麗，隱喻的卻是遺老舊耆。若是，這裏悄悄透露的正是劉因「千古傷心有開運，幾人臨死問幽燕」（登武遂北城）的至哀至痛！聯繫他那首著名的白溝詩，其中「寶符藏山自可攻，兒孫誰是出群雄」二句，與明妃曲中的「來時無數後宮花，明日飄零成底用」二句，正可互相發明。結二句以漢高祖大風歌的旋律激起餘響，劉因對此彷彿有著特殊的感情，屢屢用之，如白溝詩中就有句：「幽燕不照中天月，豐沛空歌海內風。」用意雖略有不同，然突出一個「漢」字，隱指眼下非是漢家天下的用心卻是可以揣摸得到的。

與馬致遠的漢宮秋雜劇一樣，劉因在明妃曲中突出了昭君的氣節，旨在曲折傳達出藏在內心深處的家國情懷、民族意識。然而，對昭君故事傳說的取捨和處理卻不盡相同。馬致遠有他總體的藝術構思，因了篇幅的不同，劉因則選取了一個更獨特的視角。金元以前，詩人們對昭君故事傳說的吟詠，大致說來變化並不是太大。自晉石崇的王明君詞始，突出的是一個「怨」字，所謂「遠嫁難為情」。詩人們筆下的昭君形象，無非是琵琶駝峰，「滿面胡沙滿鬢風」（白居易王昭君），頻頻回首、步步啜泣的一個定格。自然，對西京雜記中畫師誤昭君一節的渲染，亦多有發揮，樂道不疲。如李白的「生乏黃金枉圖畫，死留青塚使人嗟」。當然也包括王安石的明妃曲在內。定格後詩的旨趣往往亦不出「蛾眉誤殺人」（施榮泰句）、「能使千秋傷綺羅」（劉長卿句）之樊籬。若王安石般借題發揮，別有寄託者，已屬頗為不易的創製了。元代則大不同了。詩人們往往取了昭君故事傳說的外殼，立意卻在故國家園，突出昭君對漢宮的無限眷戀，並進一步強調了其民族氣節。直到元末的楊維楨，概莫例外。楊是寫樂府詩的大作手，他的一首昭君曲出語不凡，大有新意。詩的結尾有云：「漢家將軍高築壇，身騎烏龍虎豹顏。何時去奪胭脂山？嗚呼，何時去奪胭脂山！」胭脂山，亦作燕支山，古時在匈奴境內，以產燕支（胭脂）草而得名。匈奴曾失此山，乃作歌曰：「失我胭脂山，使我婦女無顏色。」去奪胭脂山，並非突發奇想，欲以武力奪回昭君，分明有弦外之音。楊維楨如此寫，膽子夠大的，倘若他處在元初，怕是無論如何也不敢這樣寫的。總之，元人的昭君詩，帶著明顯的時代烙印，與歷來同題材作品，韻味殊異。明乎此，再回過頭來去看漢宮秋雜劇，就容易把握得多，進而就可能從一個特定歷史時期的社會文化心理層面去分析作品。文化是根，是一種溶化在人血液中的情結，它有時顯然是大於一般意義上的所謂思想性與藝術性的。漢宮秋中寫朝臣的畏首畏尾，元帝的無可奈何以及漢廷的萎頓孱弱，並非隨意之筆，其用心之良苦實不難揣摸得到。第二折中元帝斥責尚書令五鹿充宗和內常侍石顯為代表的朝中重臣的曲子，弦外之音亦是顯而易見的。〔牧羊關〕、〔賀新郎〕、〔鬥蝦蟆〕等數曲，尤為值得深味。且看〔牧羊關〕曲：

興廢從來有，干戈不肯休。可不食君祿命懸君口。太平時賣你宰相功勞，有事處把俺佳人遞流。你們乾請了皇家俸，著甚的分破帝王憂？那壁廂鎖樹的怕彎著手，這壁廂攀欄的怕攧破了頭。

此曲寫出了元帝頓足捶胸，萬般無奈的神態。面對著番兵壓境，滿朝文武「似箭穿著雁口，沒個人敢咳嗽」的窘迫局面，只能浩嘆：「我呵空掌著文武三千隊，中原四百州，只待要割鴻溝。徒恁的千軍易得，一將難求！」（〈鬥蝦蟆〉）弱勢被欺，漢室危淺，突出的正是一種家國興亡的民族意識。而文武百官的一味退讓，屈辱求和，隱約映照的無非是宋金元時期的南宋王朝。正如有的學者所說的那樣，「凡在劇情關節處，馬致遠都要反覆提及一個『漢』字，而一提及『漢』字，他就情感澎湃，筆墨生輝，立即配上精彩的段落。這裏反覆出現的『漢家』、『大漢』，主要是指漢朝，但馬致遠故意利用這個字的雙重含義，極盡皮裏陽秋之能事，重重地烘托出在民族意義上的『漢』字，連題目漢宮秋也埋藏著這個意思」。又說：「正是為此，馬致遠故意要把一個『漢』字寫得大大的，並讓它反覆出現在演員口中，出現在劇作的各個段落上。」[21]學者們關於漢宮秋雜劇中所流露出來的濃重的民族意識，已形成了一種共識。即使是持其主題乃在於描寫愛情的學者，也無法忽略這一點。如曾永義先生說：「漢宮秋的主題在敷演帝王后妃的戀情與離恨，但其中尤可注意的是對於漢奸毛延壽和滿朝文武的強烈指責。」並明確指出：「這種漢奸國賊和庸臣儒將所襯托出來的『愁花病酒』的君王，正說明了國勢所以積弱，一旦強鄰壓境，就只有束手待

[21] 余秋雨中國戲劇文化史述第二一一至二一二頁，長沙，湖南人民出版社，西元一九八五年。

斃的根源。而這正與偏安江左的南宋朝廷不相上下。我們不敢說東籬有必然的影射和寄意，但如此聯想也不至太牽強的。」㉒所謂「尤可注意」，是怕人們忽略了此一節。因為此劇寫帝王妃子戀情，是顯而易見的，姑且稱之謂「顯性主題」。而深層隱藏的正是濃重的民族意識，即所謂「影射和寄意」，它是作品中自然流露出來的，儘管它未必就是作者刻意所求。這是「隱性主題」。如果說還有更深一層的意蘊，那就是作者的身世之感，黍離之悲，以及生不逢時、志不得伸的痛苦與怨尤。此似可稱之謂「性情意蘊主題」。馬致遠甚至可以說：我就是漢宮秋中的漢元帝，劇中的漢元帝即是我。關於這一點，張燕瑾先生說得頗為到位：

應當說，在戲裏對昭君的刻畫是不充分的，這固然有受雜劇體製限制，使昭君有白無唱這種原因，更主要的恐怕是由於劇作家情之所鍾在於漢元帝，他嘔心瀝血經營塑造的漢元帝，而塑造元帝形象最富於華彩的筆墨，則是與昭君的生離死別和別後思念。……固然，漢元帝對昭君的眷戀與思念也在一定程度上對昭君形象起到了烘托作用，但在劇作家的藝術構思中，刻畫昭君卻是為塑造漢元帝形象服務的。人們

㉒ 曾永義馬致遠雜劇的四種類型，原載幼獅學志第十九卷第一期，亦見於元曲通融（下）第二〇四九頁，太原，山西古籍出版社，西元一九九九年。

有時錯把昭君當成戲的主人公，那是用感情傾向代替了對作品的實際分析。正因為漢元帝是戲的主角，馬致遠纔能飽含著血淚揭示出漢元帝又悔又恨、既哀且怨，不忍與昭君分離卻又不得不分離，想愛又愛不成的複雜而痛苦的心理。自然，帝王之尊與上天無路的馬致遠其感情心理不可同日而語，但他們都是不得意的，其為痛苦則一。於是劇作家借他人之酒杯，澆自己之塊壘，讓漢元帝唱出了嗚咽如泣的傷心文字，使漢代的皇帝具有了書卷氣、才子氣，透過漢元帝哭聲淚水的折光，我們看到的仍然是馬致遠心中的悲愴與不平，是他從時代氛圍中所感受到的故國之思。㉓

如此看來，漢宮秋雜劇的主題並非是單一的，或以為只是寫愛情，或以為只是寄託民族意識；其主題是複調的，甚至是多重的。誠如王季思先生所指出的那樣，此劇的「劇情雖簡單，包含的內容卻很豐富。作者一方面通過漢元帝和王昭君這一對愛侶的生離死別，含蓄地揭露了元代統治者殘酷的民族壓迫。另方面又通過歌頌王昭君為保全民族國家而不惜犧牲個人幸福和生命，批判宰相朝臣們的屈辱投降和毛延壽的賣國求榮，表達了人民對

㉓ 張撰瑾馬致遠的創作道路，西元一九九〇年二月首屆海峽兩岸元曲研討會論文，見元曲通融（下）第二〇三三頁，太原，山西古籍出版社，西元一九九九年。

滅亡的民族國家的哀思」。王季思先生同時也指出了作品的某些局限：「由於作者本人不是一個抗暴的鬥士，世界觀又比較複雜，有消極的一面，所以他的揭露是不徹底的，抗議是軟弱的，全劇悲多於憤，情調比較低沉。但即使有這些局限，雜劇還不失為一軸時代的畫卷，給我們提供了封建時代民族矛盾同階級矛盾互相交錯的生動圖景。」㉔應該說這是結合作品以及劇作家生平的具體分析，所得出的切實且非常明確的結論。

四

對於漢宮秋雜劇的藝術成就，人們已做了多方面的探討分析。普遍認為其人物形象生動傳神，曲辭寫得優美典麗，情調雖過於感傷，但思致纏綿，意態逼真，具有強烈的藝術感染力。自然，我們這裏所說的逼真，指的是藝術真實。在漢宮秋中，馬致遠巧妙地剪裁了歷史事實，對相關傳說和野史雜記，亦根據總體藝術構思而有所取捨。亞里斯多德說得好：「寫詩這種活動比寫歷史更富於哲學意味，更被嚴肅的對待；因為詩所描述的事帶有普遍性，歷史則敘述個別的事。」㉕馬致遠首先是一位詩人，他在寫歷史悲劇，或者如人

㉔ 王季思從〈昭君怨〉到〈漢宮秋〉，見玉輪軒曲論新編第一四頁，北京，中國戲劇出版社，西元一九八三年。

們所說的那樣，漢宮秋與其說是一般意義上的歷史劇，勿寧說是充滿主觀意緒的抒情詩劇。因而，他在其中吐露的是一種品味人生的真，元帝與昭君的戀情與別離，似乎無異於人世間平民男女，劇作家只是借了他們的名字罷了。是的，馬致遠在劇中有不少的虛構，但巧妙極了。一切服從於主觀抒情，一切看上去又都合情合理，絲絲入扣。賀拉斯曾談及荷馬寫特洛亞戰爭，以為「凡是他認為不能經他渲染而增光的一切，他都放棄；他的虛構非常巧妙，虛實參差毫無破綻，因此開端和中間，中間和結尾絲毫不相矛盾」㉖。以此語來評價漢宮秋，似亦不為過之。這裏牽扯到戲劇結構問題，談編劇藝術，首先是藝術結構。漢宮秋在藝術結構上頗為特殊。或者換一個角度來說，其中國藝術精神的特點格外突出，即抒情寫意高於一切，甚至高於通常意義上的所謂戲劇衝突。在第二折中，昭君在元帝萬般無奈的情形之下，已表示「妾情願和番，得息刀兵，亦可青史留名」。即是說，衝突已告解決，或者按西方戲劇理論術語說「危機」已然解除。然而在馬致遠的藝術構想和創作實踐

㉕ 亞里斯多德詩學第九章，羅念生譯，外國文藝理論叢書詩學詩藝合訂本第二九頁，北京，人民文學出版社，西元一九八二年。

㉖ 賀拉斯詩藝，楊周翰譯，外國文藝理論叢書詩學詩藝合訂本第一四四頁，北京，人民文學出版社，西元一九八二年。

中，重頭戲卻在後面。第三折可切為兩個段落，前面是「灞橋餞別」，共有五支曲子，寫的都是元帝與昭君依依不捨、肝腸寸斷的生離死別之情；後半則顯然是這一折的最出彩處，共七支曲子，極寫昭君隨番使去後，元帝悵然悲戚、痛楚失落的細微心理活動。其中〔七弟兄〕、〔梅花酒〕、〔收江南〕等數曲，歷來為人們所津津樂道、擊節嘆賞。且看其中的兩支名曲：

〔七弟兄〕說甚麼大王不當戀王嬙，兀良，怎禁他臨去也回頭望！那堪這散風雪旌節影悠揚，動關山鼓角聲悲壯。

〔梅花酒〕呀！俺向著這迥野悲涼：草已添黃，兔早迎霜；犬褪得毛蒼，人搠起纓鎗；馬負著行裝，車運著餱糧，打獵起圍場。他、他、他傷心辭漢主，我、我、我攜手上河梁。他部從入窮荒，我鑾輿返咸陽。返咸陽，過宮墻；過宮墻，遶迴廊；遶迴廊，近椒房；近椒房，月昏黃；月昏黃，夜生涼；夜生涼，泣寒螿；泣寒螿，綠紗窗；綠紗窗，不思量。

這些曲詞一氣呵成，不容間阻；長歌當哭，噴迸而出。〔七弟兄〕一曲，短促有力，聲情並茂。「大王」、「不當」、「戀王嬙」，是所謂「六字三韻語」。元人周德清在中原音韻中曾舉西廂記中的「忽聽」、「一聲」、「猛驚」為例，以為作此「六字三韻語」甚難。實際上，關鍵是用得自然巧妙，原沒那麼神秘的。馬致遠不僅是一位雜劇作家，也是一位傑出的散曲大家。這裏的「六字三韻語」下得極巧，與人物感情起伏、聲淚俱下的規定情境十分吻合，語詞斷而不斷、似斷實連，恰如其分地寫出了元帝嗚咽哽噎的聲吻情態。風雪旌節，鼓角聲聲，概括地勾勒出塞外風光，特別是寫昭君步步回頭的一筆，造型力極強，情景如畫。〔梅花酒〕曲，先寫塞上的荒涼萋迷景象——草衰霜嚴，四野蒼茫；繼寫犬、馬、人、車，一派異域情境。如此場景，既為生離死別增添了氛圍，又為人物淒楚的心緒設置了襯托，猶如西廂記中長亭送別寫秋氣蕭瑟，衰草萋迷，黃葉紛飛。昭君漸行漸遠，元帝上崗凝望，不由得聯想到自己回到咸陽宮中，物是而人杳，寂寥和思念一定會苦苦地纏繞著自己。於是就有了「返咸陽，過宮墻」等一系列黯然傷神的曲詞，劇作家採取的是民間「頂針續麻」的手法，如泣如訴，迴環復沓；情真意切，動人心魄。王季思先生主編的中國十大古典悲劇集於漢宮秋第三折〔七弟兄〕等三支名曲有眉批道：

〔七弟兄〕以下三曲，先寫別離場景的悲涼，字字著色，語語生情；「鑾輿返咸陽」

以下，以首尾相接、迴環相生的疊句，抒發別後淒涼的想像，節促音哀，沉痛欲絕；至〔收江南〕曲，忽又下一轉語：「不思量，除是鐵心腸」，見得這種因國家的衰弱而帶來的民族災難，決不是元帝個人的悲哀，意境就更深廣了。

此是頗有識見的批評。明人孟稱舜在其古今名劇合選酹江集中，對第三折曲詞亦有批語，曰：「全折俱極悲壯，不似喁喁小窗前語也。」可見這折戲在全劇中的重要性。不必諱言，漢宮秋並非嚴格意義上的衝突性戲劇，也就是說它不是以情節取勝的，即它的戲劇性並不強。這同白樸的梧桐雨頗為相似。關於這一點，許多研究者都曾指出過。曾永義先生說：「梧桐雨和漢宮秋，精神相通、形貌肖似，俞大綱先生在〈梧桐雨〉與〈漢宮秋〉一文，以及黃敬欽論〈漢宮秋〉與〈梧桐雨〉的節奏速率一文中都已論及。」㉗由於二劇的創作時間均無法確定，究竟彼此間誰受了誰的影響也就難以定奪，想來乃是因為題材相近，又都固守著中國文學以抒情寫意見長之傳統所致罷。然無論如何這種抒情詩般的歷史悲劇作為古典戲曲創作中一種獨特的風格樣式，對當時及後世的戲曲創作，都產生了深刻而久遠的影響。若按西方「戲劇是危機的藝術」之律條，第三折戲似屬不必要之冗戲，然

㉗ 同注㉒。

馬致遠卻恰恰將重頭戲放在了這裏；相應的，曲辭的濃墨重彩、典麗華美之處也在這裏。如果說第三折在劇作家創作意識中是著意發揮的重點所在，那麼，第四折則更是他心目中的重中之重，甚至可以說是竭力鋪排、才情縱橫的高潮所在。當然，這個高潮非是指一般戲劇學意義上的高潮，而是抒情文學情感意義上的高潮。正是在這樣的認識層面上，人們將其視為抒情詩劇，甚或徑直視其為長篇抒情詩。第四折又恰是點題之筆，劇作題目正名作：

沉黑江明妃青塚恨

破幽夢孤雁漢宮秋

通觀全劇，不難看出「題目」下的情節是略寫的，而「正名」標示的內容纔是用力最多的部分。前面二折可以看作是為後面的大段抒情所作的必要鋪墊。這是漢宮秋藝術結構上最突出的特點，也是其體現中國藝術精神的獨具匠心之處。不當以一般戲劇學的衝突說論之。

第四折共十三支曲子，前三曲寫元帝思念昭君，掛起昭君圖像，六宮人靜，一點寒燈，元帝為相思所苦，渴望著與昭君相逢夢中。後面十支曲寫元帝剛入夢即聞昭君回到漢宮，卻被大殿上空孤雁哀鳴驚醒，於是睡意全消。夢既不成，痴對孤燈寒夜，形影相弔。下面一連八支曲子，從〔白鶴子〕至〔隨煞〕，寫盡哀鴻悲鳴，攪擾頻生，揮之不去，難耐寒更。這種無際無涯的孤獨與悲苦，表面上看是劇中人物漢元帝的，實質上它何嘗不是劇作家的，又何嘗不是元代士人普遍的一種心理情態？我們來看其中的二曲：

〔白鶴子〕多管是春秋高，筋力短，莫不是食水少，骨毛輕？待去後，愁江南網羅寬；待向前，怕塞北雕弓硬。

〔么篇〕傷感似替昭君思漢主，哀怨似作薤露哭田橫；凄愴似和半夜楚歌聲，悲切似唱三疊陽關令。

這裏特意拈出此二曲，是因為曲中分明藏著深長而又隱晦的寓意。〔白鶴子〕曲尤為值得注意，曲中運用了隱喻、象徵的手法，以失群孤雁的迫境，曲折映照出國破家亡之後，淪落天涯、隻身無靠的元代士人的悲慘境遇。江南塞北，皆無棲息之處，骨子裏寫的是一種深不可解的失落感。聯繫前文我們對劉因明妃曲和漢宮秋整體意蘊的分析，再來看〔白鶴子〕曲，說它有明顯的寄託，怕不是無根之語吧。從「春秋高，筋力短」等語來看，此折一套曲都是將雁的失群孤零與人的孤獨失落對舉的，一而二，二而一，人雁差不多是合一的。「卻原來雁叫長門兩三聲，怎知道更有個人孤另」（〔蔓青菜〕）。其用意不言而喻。〔么篇〕連用四句排比，寫感傷、哀怨、淒愴、悲切，是傷懷別抱、借他人之酒杯澆自家心中塊壘的嘔心瀝血文字。薤露本是古代挽歌，後為樂府相和曲名。晉崔豹古今注卷中：「薤露、蒿里並喪歌也。本出田橫門人。橫自殺，門人傷之，為之悲歌，言人命如薤上之露，易晞滅也，亦謂人死，魂魄歸乎蒿里。」田橫與五百壯士殉節事，歷來為人們所熟悉，馬致遠這裏將其與昭君思漢並殉節相提並論，當非隨意之筆。齊國人田橫抗秦失敗，又不受漢高祖招降，自殺身死，其五百部下得知後亦集體自殺了。用此典之意無非是突出民族意識，又將其與昭君的殉節並舉，令人含味不盡。總之，八支曲子真情彌滿，噴迸而出，環境氛圍和人物心理情態完全融合在一起，物我同愁，天地共哀，積鬱在劇作家胸中的感情潮水奔騰洶湧，一瀉無餘。而大殿上空的那隻孤雁，則被賦予了某種象徵意義：或是孤獨失落的象徵，抑或是苦難遭際的象徵，甚或是命運多舛、前路未可逆料的象徵。一言蔽之，更是一種揮之不去、無法排遣的灰暗情緒的象徵。它給人無窮無盡的聯想，使我們在無休止的雁叫聲中，層層窺見劇作家複雜的內心世界。因此，這折劇纔是劇作家敞開心扉的著意發揮之處。孤雁漢宮秋，缺了孤雁，難成此劇；猶如秋夜梧桐雨，沒了雨，亦不成劇。此等獨特結構形態，符合中國古典戲曲美學原則，後世許多劇作受到它的影響，最典型的莫過於桃花扇傳奇，中有「試一齣」、「閏一齣」（「加一齣」）、「續一齣」（即「餘韻」）。特別是「餘韻」一齣，全在抒情，無關衝突。一套〔哀江南〕，餘音徐歇，意味深長；哀而動人，警拔醒心。

在人物形象塑造方面，漢宮秋亦自有其獨到之處。或以為戲是「末本」，元帝主唱，而昭君有白無唱，因而旦扮的昭君形象似不夠鮮明。我們知道，元劇有自己的一套形式體例，馬致遠並沒有打破規範。然他巧妙地運用了傳統的「以賓形主」手法，突出了昭君形象的民族氣節，應該說，昭君形象還是完整的，相對說來也是很鮮明的。無論是閱讀還是觀劇，人們印象中的昭君形象，往往是透過元帝的眼睛所看到的。如寫昭君之美麗，第一折元帝初見時，用了〔醉中天〕、〔金盞兒〕、〔醉扶歸〕等三支曲子，細致描摹，精心刻畫，從姿容到神情，凸顯出昭君的風姿綽約、光彩奪人。到了第二折，元帝唱詞中又稱昭君「諸餘可愛，所事兒相投」；「體態是二十年挑剔就的溫柔，姻緣是五百載該撥下的配偶，臉兒有一千般說不盡的風流。寡人乞求他左右，他比那落伽山觀自在無楊柳，見一面得長壽」（〔梁州第七〕）。此等寫法，自有妙處，較昭君自言其美，或敘述人描摹其美，似更貼切自然。第三折寫灞橋餞別，正旦扮昭君雖只有科白，形象亦自鮮明。一則元帝所唱曲詞幾乎句句關乎昭君，若在舞臺上搬演，旦扮昭君必以動作相配合；二則穿插了尚書、番使等的科白，舞臺上的排場變化較多，表演者可以發揮的餘地相當廣闊。中國藝術除了抒情，還有一個突出的特色——寫意。昭君雖無唱詞，卻可以載歌載舞以伴和元帝之唱。細心的讀者不會不注意到，在前三折中，正旦扮昭君幾乎一直在場上，是駕扮元帝之外唯一的正色。分析研究戲劇作品，必須將其立起來看，即想像其在舞臺上演出時的情形。若能如此，就會明白何以漢宮秋中正面描寫昭君的筆墨非常簡煉，而昭君形象卻鮮明突出的原因了。說到劇中突出彰顯昭君的民族氣節，一是留下漢家衣裳一節，二是自沉黑江一節，文字都很簡潔。細味之，動作性都很強，表演餘地也都很大。聯繫第二折中當元帝與朝臣在番兵壓境，為昭君和番爭執不下時，昭君自願請行，曰：「妾既蒙陛下厚恩，當效一死，以報陛下。妾情願和番，得息兵刀，亦可留名青史。」這前後的呼應，遂使一個完整的王昭君形象樹立起來了。更何況第一折中就交代了昭君出身「莊農人家」，其父王長者「務農為業」，「見隸民籍」，而元帝所唱的一支〔金盞兒〕曲則道：

> 你便晨挑菜，夜看瓜，春種穀，夏澆麻。情取棘針門粉壁上除了差法，你向正陽門

改嫁的倒榮華。俺官職頗高如村社長，這宅院剛大似縣官衙。謝天地可憐窮女婿，
再誰敢欺負俺丈人家！

詼諧之中，透露出劇作家的平民意識，昭君形象遂亦與梧桐雨中的楊貴妃形象判然有別。她不僅出身寒微，入宮之後也無楊妃那樣與安祿山間「有染」之類的事，清清白白，不卑不亢，且能在民族危難之時識大體、顧大局，始終堅守著崇高的民族氣節。如此，怎麼能說因有白無曲使昭君形象單薄、不完整呢！

漢宮秋無疑是一部悲劇。馬致遠善於營造濃重的悲劇氛圍，並根據劇情的發展，水到渠成地設計出第三、四兩折重場戲。這兩場重頭戲集中筆力寫漢元帝的內心活動，並創造性地運用幻景、幻聽、幻覺以及夢境等多種藝術手段，在規定情境中，把元帝內心的波瀾起伏和哀傷悲戚，揭示得精微真切、纖毫畢現，從而把悲劇氣氛渲染得一重濃似一重，震撼著觀眾或讀者的心靈。

至於說到漢宮秋曲文之華美俊雅，沉雄爽亢，前輩多有論及。如王靜安先生在宋元戲曲考元劇之文章中，曾列舉第三折〔梅花酒〕以下三曲，謂「以上數曲，真所謂寫情則沁人心脾，寫景則在人耳目，述事則如其口出者」，以為此等纔是有境界之文字。馬致遠的曲

詞，無論劇曲還是散曲，境界極高，直趨化境。朱權太和正音譜古今群英樂府格勢，將其列為元一百八十七人之首，稱其詞「如朝陽鳴鳳」，謂「其詞典雅清麗，可與靈光景福相頡頏。有振鬣長鳴萬馬皆喑之意。又若神鳳飛鳴于九霄，豈可與凡鳥共語哉？宜列群英之上」。評價極高，然評語有些玄虛，無非是一種「模糊品鑑」。還是來看一支曲子吧，這是第一折中元帝初見昭君時的〔混江龍〕曲：

> 料必他珠簾不挂，望昭陽一步一天涯。疑了些無風竹影，恨了些有月窗紗。他每見絃管聲中巡玉輦，恰便似斗牛星畔盼浮槎。是誰人偷彈一曲，寫出嗟呀？莫便要忙傳聖旨，報與他家。我則怕乍蒙恩，把不定心兒怕，驚起宮槐宿鳥、庭樹栖鴉。

揣摩對方心理，彷彿自言自語，的的微細，筆筆傳神。當亦屬自然有意境之文字吧。關於馬致遠曲的藝術特色和精湛造詣，古今論者頗多，這裏就不展開論述了。

五

漢宮秋雜劇，見於著錄的有：

①天一閣本錄鬼簿　正名「孤雁漢宮秋」

簡名漢宮秋

②說集本錄鬼簿　簡名漢宮秋

③孟稱舜本錄鬼簿　簡名漢宮秋

④曹楝亭本錄鬼簿　正名「孤雁漢宮秋」

⑤太和正音譜　簡名漢宮秋

⑥寶文堂書目　正名「孤雁漢宮秋」

⑦也是園書目　正名「破幽夢孤雁漢宮秋」

今存版本有：

①脈望館古名家雜劇本

題目「毛延壽叛國開邊衅

漢元帝一身不自由」

正名「沉黑江明妃青塚恨

破幽夢孤雁漢宮秋」

②顧曲齋元人雜劇選本

題目正名同上古名家雜劇本

③孟稱舜古今名劇合選酹江集本

題目正名同上古名家雜劇本

④臧晉叔元曲選本

題目「沉黑江明妃青塚恨」

正名「破幽夢孤雁漢宮秋」

本書校勘整理，以元曲選本為底本，同時參考了前輩時賢諸多校注整理本，其中尤以借鑑王季思先生全元戲曲本為最多。為了避免繁瑣，本書不出校勘記，在比勘諸本擇善而從時，於注釋中加以說明，凡依於元曲選本者，則概不注出。對異體字，一般情況下採取逕改的辦法處理。個別偏僻或容易引起歧異的，第一次出現時注明，重複出現時逕改。

注釋部分，本書盡可能在參考已有諸家注本的基礎上，注出一些新意來，既要釐清語詞的出處原委，又力求在文字表達上簡明扼要，避免繁瑣羅列，旁徵博引，務求貫通，以便於閱讀。注書難且不易討好，但總要有人來做。因為它是研究工作的基礎，同時也為專門研究提供最基本的文本實體。記得上世紀七十年代末擔任研究生時，我的導師王季思先生就非常重視文本的校注工作，引導我們從古籍校勘整理入手，廣泛接觸與專業有關的文獻資料。幾十年來，筆者校注了不少古典戲曲、小說，甘苦自知。本書校注雖已勉力為之，疏漏和舛誤怕是仍在所難免，尚望海內外同行與讀者不吝賜教。

西元二〇一三年七月初稿，
二〇一五年三月改定於
南京師範大學泰州學院

明萬歷博古堂刻本元曲選漢宮秋插圖

折目

楔子❶

（沖末❷扮番王引部落上，詩云）氈帳秋風迷宿草，穹廬夜月聽悲笳。控弦百萬為君長，款塞稱藩屬漢家❸。某乃呼韓耶單于是也。若論俺家世❹，久居朔漠，獨霸北方，以射獵

❶ 楔子：元雜劇術語。一般置於開篇，相當於引子或序幕；亦可放在折與折之間，相當於過場戲，起結構上的連接作用。楔，音ㄒㄧㄝˋ。本為木工用語，指一端平厚、一端扁銳的竹或木片，用以插入榫縫或空隙中，起加固及堵塞作用。元雜劇中的楔子，往往不用套曲，只唱一、二支小曲，曲牌多用〔正宮・端正好〕或〔仙呂・賞花時〕。清李漁閒情偶寄詞曲上格局：「元詞開場，止用冒頭數語，謂之『正名』，又曰『楔子』。」古名家雜劇本無此楔子，將其置入第一折。

❷ 沖末：元雜劇角色名。元劇中扮演正面人物的男演員一般都稱作「末」，相當於明代以後戲曲中的「生」。末在元劇中有正末、副末、外末、小末等。沖，含有開始之意，即「沖場」。

❸ 氈帳秋風迷宿草四句：元劇慣例，沖場人物要念開場詩，也叫上場詩、定場詩，一般為四句。下場時又有下場詩，多為兩句。穹廬，亦作「穹閭」，本指氈帳或蒙古包。史記匈奴列傳：「匈奴父子同穹廬而臥。」又樂府詩集八六敕勒歌：「敕勒川，陰山下，天似穹廬，籠蓋四野。」故穹

為生，攻伐為事。大王❺曾避俺東徙，魏絳曾怕俺講和❻。獯鬻玁狁❼，逐代易名；單于可汗❽，隨時稱號。當秦漢交兵之時，中原有事，俺國強盛，有控弦甲士百萬。俺祖公公冒頓單于，圍漢高帝于白登七日，用婁敬之謀，兩國講和，以公主嫁俺國中❾。至

廬又喻指天空。古人以為天圓地方，謂天空作穹隆（窿）、穹冥或穹蒼。控弦，本義為張弓騎射，這裏指軍士兵甲。款塞，叩邊塞的城門。款，叩擊。塞，關塞。

❹若論俺家世：元曲選本無此句，據脈望館本、顧曲齋本等補。

❺大王：元曲選本「大王」作「文王」，誤。大王即太王，為周文王的祖父，亦即古公亶（ㄉㄢˇ）父，原本與族人聚居於邠（ㄅㄧㄣ）地，後因戎狄侵擾，東遷於岐山之下。孟子梁惠王下：「昔者，大王居邠，狄人侵之，去之岐山之下居焉。」邠，同「豳」，在今陝西彬縣一帶。

❻魏絳曾怕俺講和：魏絳為春秋時晉國大夫，晉國邊境之戎人曾通過魏絳示意要與晉國請和，絳遂向晉悼公言和戎五利，悼公乃使絳與諸戎盟。事見左傳襄公四年、十一年。

❼獯鬻玁狁：音ㄒㄩㄣ ㄩˋ ㄒㄧㄢˇ ㄩㄣˇ。中國古代北方少數民族之統稱，即漢代所稱之匈奴。殷周之際，主要分布在今陝西、甘肅等省北部以及今內蒙古自治區西部。春秋時則統稱作戎狄。

❽單于可汗：單于，音ㄔㄢˊ ㄩˊ。為匈奴君主之稱號。可汗，音ㄎㄜˋ ㄏㄢˊ。為回紇、突厥等部族君主的稱號。

❾俺祖公公五句：冒頓（ㄇㄛˋ ㄉㄨˊ）圍漢高帝於白登事詳史記匈奴列傳：「高帝自將兵擊冒頓，先至平城。冒頓縱精兵圍高帝於白登七日。」冒頓為秦末漢初匈奴單于，姓攣鞮（ㄌㄨㄢˊ ㄉㄧ），

惠帝、呂后以來，每代必循故事❿，以宗女歸俺番家。宣帝之世，我眾兄弟爭立不定，國勢稍弱。今眾部落立我為呼韓耶單于，實是漢朝外甥。我有甲士十萬，南移近塞，稱藩漢室。昨曾遣使進貢，欲請公主，未知漢帝肯尋盟約否。今日天高氣爽，眾頭目每⓫，向沙堤射獵一番，多少⓬是好！正是：番家無產業，弓矢是生涯。（下）（淨扮毛延壽⓭上，

❿ 必循故事：一定依照舊例。故事，這裏指和親之盟約。

殺父代立，控弦三十萬，數犯漢初北部邊庭。後從劉敬之諫，高帝以嫡長公主妻於冒頓，使劉敬往結和親約。事見史記劉敬叔孫通列傳。婁敬，即劉敬，本齊人，漢高帝賜其劉姓。白登，即平城白登山，一名白登臺，在今山西大同東北。漢高帝被冒頓圍困白登事乃在漢高祖七年（西元前二〇〇年），史稱「白登之圍」。

⓫ 每：元雜劇中人稱代詞的複數，相當於現代漢語中的「們」。

⓬ 多少：元雜劇中慣用語，猶多麼。

⓭ 淨扮毛延壽：淨，元雜劇角色名，以扮反面人物為主，又分副淨、外淨、貼淨、二淨等多種。通常以男角扮演，間或也有以女角扮演的。一般認為淨由唐代參軍戲中的參軍演變而來。王國維古劇角色考：「淨即參軍之促音，『參』與『淨』為雙聲，『軍』與『淨』似疊韻，參軍之為淨，猶勃提之為披，郗屢之為鄒也。」毛延壽，傳為漢代宮廷畫師。晉葛洪西京雜記卷二畫工棄市中謂王嬙（即後來之昭君）不肯賄賂宮廷畫師，被「點破」圖形，遂使按圖召幸的漢元帝未審其美。匈奴入朝，求美人為閼氏，始知王嬙貌為後宮第一。帝悔之，令畫工皆棄市。馬致遠創作此雜劇

詩云）為人鵰心雁爪⑭，做事欺大壓小。全憑諂佞奸貪，一生受用不了。某非別人，毛延壽的便是。現在漢朝駕下，為中大夫之職。因我百般巧詐，一味諂諛，哄的皇帝老頭兒十分歡喜，言聽計從。朝裏朝外，那一個不敬我，那一個不怕我？我又學的一個法兒，只是教皇帝少見儒臣，多昵女色，我這寵幸纔得牢固。道尤未了，聖駕早上。（正末扮漢元帝⑮引內官、宮女上，詩云）嗣傳十葉繼炎劉⑯，獨掌乾坤四百州。邊塞久盟和議策，從今高枕已無憂。某漢元帝是也。俺祖高皇帝，奮布衣，起豐沛，滅秦屠項，掙下這等基業。傳到朕躬，已是十代。自朕嗣位以來，四海晏然，八方寧靜。非朕躬有德，皆賴眾文武扶持。自先帝晏駕⑰之後，宮女盡放出宮去了。今後宮寂寞，如何是好？（毛延壽

或受到西京雜記中畫工棄市的影響。

⑭ 鵰心雁爪：喻指心狠手辣之人。「雁爪」當為「鷹爪」之誤。

⑮ 漢元帝：即漢代第九代皇帝劉奭。西元前四八至三三年在位。

⑯ 嗣傳十葉句：這裏的「十」乃是概數。漢王朝經高祖、惠帝、高后（呂雉）、文帝、景帝、武帝、昭帝、宣帝，至元帝劉奭是第九代。下文「傳到朕躬，已是十代」，亦同。炎劉，指以火德王的劉氏漢朝。漢趙岐〈孟子〉題辭：「遭蒼姬之訖錄，值炎劉之未奮。」元傅若金歌風臺詩：「黔首厭秦暴，龍德奮炎劉。」

⑰ 自先帝晏駕：指漢宣帝死去。晏駕是古代帝王死亡的諱辭。

云）陛下，田舍翁多收十斛麥，尚欲易婦，況陛下貴為天子，富有四海⑱。合無⑲遣官遍行天下，選擇室女。不分王侯宰相、軍民人家，但要十五以上二十以下者，容貌端正，盡選將來，以充後宮，有何不可？（駕⑳云）卿說的是。就加卿為選擇使，齎領㉑詔書一通，遍行天下刷選㉒。將選中者各圖形一軸送來，朕按圖臨幸。待卿成功回時，別有區處㉓。（唱）

【仙呂・賞花時】四海平安絕士馬㉔，五穀豐登沒戰伐。寡人待刷室女選宮娃，

---

⑱ 田舍翁四句：資治通鑑高宗永徽六年中說，唐高宗欲立武昭儀（即後來的武則天）為后，又因朝中大臣們阻諫而有所顧慮。許敬宗為討好天子與武昭儀，「宣言於朝曰：『田舍翁多收十斛麥，尚欲易婦；況天子欲立后，何豫諸人事而妄生異議乎！』」這裏以唐事說漢況，在元雜劇中並非罕見。

⑲ 合無：猶謂何不。

⑳ 駕：元雜劇中扮演帝王角色行當稱之為「駕」，以帝王為主角的雜劇稱之為「駕頭雜劇」。

㉑ 齎領：領受攜帶。齎，音ㄐㄧ。

㉒ 刷選：亦作「選刷」，遴選、搜尋之意。

㉓ 區處：分別情況處理。

㉔ 四海平安絕士馬：平安，別本或作「安然」。絕士馬，是說社會秩序安寧，各按其事，廉潔奉公，

你避不的驅馳㉕困乏。看那一個合㉖屬俺帝王家。(下)

連士子們也不必奔走干謁，各自得其所哉。

㉕ 驅馳：路途辛苦，奔波勞頓。

㉖ 合：該。

第一折

（毛延壽上，詩云）大塊黃金任意撾❶，血海王條❷全不怕。生前只要有錢財，死後那管人唾罵。某毛延壽，領著大漢皇帝聖旨，遍行天下，刷選室女，已選夠九十九名。各家儘肯餽送，所得金銀卻也不少。昨日來到成都秭歸縣，選得一人，乃是王長者之女，名喚王嬙，字昭君。生得光彩射人，十分艷麗，真乃天下絕色。爭奈❸他本是莊農人家，無大錢財，我問他要百兩黃金，選為第一。他一則說家道貧窮，二則倚著他容貌出眾，全然不肯。我本待退了他。（做忖科，云）不要倒好了他。眉頭一縱，計上心來。只把美人圖點上些破綻，到京師必定發入冷宮，教他受苦一世。正是：恨小非君子，無毒不丈夫。（下）（正旦❹扮王嬙引二宮女上，詩云）一日承宣入上陽❺，十年未得見君王。良宵寂

❶ 撾：音ㄓㄨㄚ。猶「抓」。伸手拿取，這裏有掠奪之意。

❷ 血海王條：血海，形容罪孽深重。王條，即王法。

❸ 爭奈：怎奈。

寂誰來伴，惟有琵琶引興長。妾身王嬙，小字昭君，成都秭歸人也。父親王長者，平生務農為業。母親生妾時，夢月光入懷，復墜于地，後來生下妾身。年長一十八歲，蒙恩選充後宮。不想使臣毛延壽問妾身索要金銀，不曾與他，將妾影圖點破❻，不曾得見君王，現今退居永巷❼。妾身在家頗通絲竹，彈得幾曲琵琶。當此夜深孤悶之時，我試理一曲消遣咱❽。（做彈科）（駕引內官提燈上，云）某漢元帝。自從刷選室女入宮，多有不曾

---

❹ 正旦：元雜劇角色行當名稱。指扮演劇中女主角者，有時也簡稱作「旦」。此外旦行還有貼旦、大旦、小旦、老旦、花旦、旦兒、搽旦等。正旦一般又都是一本雜劇的主唱者，稱作「旦本」。然此劇是「末本」，由正末扮漢元帝主唱。一本雜劇只能有一個正旦，但正旦在一劇的不同折中可以扮演不同的人物。

❺ 上陽：本為唐代後宮宮殿名，為唐高宗時所建，這裏不過是借指皇室後宮。

❻ 點破：指將人的畫像有意畫醜。據下文可知，毛延壽故意將王昭君眼睛下面「點成破綻」，即醜畫了她的眼睛。

❼ 永巷：宮中長巷。爾雅釋宮：「宮中衖謂之壼。」邢昺疏引三國魏王肅曰：「今後宮稱永巷，是宮內道名也。」後多指冷宮或幽禁嬪妃之處所。唐李華長門怨：「每憶椒房寵，那堪永巷陰。」

❽ 我試理句：試理一曲，猶言隨意彈奏一曲。理，調試。理弦往往指弦樂器演奏。咱，元劇中常用之句尾語氣詞。

寵幸，煞是怨望咱❾。今日萬機稍暇，不免巡宮走一遭，看那個有緣的，得遇朕躬也呵。（唱）

【仙呂．點絳唇】車碾殘花，玉人月下，吹簫罷。未遇宮娃，是幾度添白髮。

【混江龍】料必他珠簾不挂，望昭陽❿一步一天涯。疑了些無風竹影，恨了些有月窗紗。他每見絃管聲中巡玉輦，恰便似斗牛星畔盼浮槎⓫。（旦做彈科）（駕云）是那裏彈的琵琶響？（內官云）是。（正末唱）是誰人偷彈一曲，寫出嗟呀⓬？（內官云）快報去接駕。（駕云）不要。（唱）莫便要忙傳聖旨，報與他家⓭。我則怕乍蒙恩，把不

---

❾ 煞是怨望咱：煞，猶「甚」。怨望，怨恨。漢書卷四十七文三王傳：「積數歲，永始中，相禹奏立對外家怨望，有惡言。」可知漢代時已有此語。

❿ 昭陽：宮殿名。漢武帝時後宮八區中有昭陽殿，成帝時為趙飛燕所居。後世小說、戲曲多以昭陽指皇后所居之宮殿。

⓫ 斗牛星畔盼浮槎：古代神話傳說中說，天河與海相通，每年八月不失期有浮槎去來，有人乘之飄至天河，看到了天上城郭和牛郎在河邊飲牛。事詳晉張華博物志。這裏是說宮女們企望帝王臨幸有如在天河上期盼槎客從海上飄來一樣，杳昧無期。

⓬ 寫出嗟呀：流露出幽怨與悵惘。寫，通「瀉」，即宣洩、抒發。嗟呀，幽怨、悵惘的意緒。

⓭ 家：附於人稱代詞後面的語尾助詞，無義。

定心兒怕，驚起宮槐宿鳥、庭樹栖鴉⑭。

（云）小黃門⑮，你看是那一宮的宮女彈琵琶，傳旨去教他來接駕，不要驚唬著他。（內官報科，云）兀那⑯彈琵琶的是那位娘娘？聖駕到來，急忙迎接者。（旦趨接科）（駕唱）

【油葫蘆】恕無罪，吾當⑰親問咱。這裏屬那位下⑱？休怪我不曾來往乍行踏⑲。我特來填還你這淚揾濕鮫綃帕⑳，溫和你露冷透凌波襪㉑。天生下這艷姿㉒，合

---

⑭ 庭樹栖鴉：以上混江龍曲各本文字上多有不同。明孟稱舜酹江集本與脈望館本、顧曲齋本略同。酹江集本此曲下孟批曰：「如『仙音院裏』以下，可隨便增加，別出一韻。吳興本（按，指臧晉叔元曲選本）率多刪改，反不若原辭迢遞。今改仍舊。」

⑮ 小黃門：指隨從宦官。黃門，本為官署名，設後宮中掌管侍從執役等事。東漢時，給事內廷的黃門令、中黃門等官多以宦者充任，後遂將宦者稱作黃門。

⑯ 兀那：即「那」。兀，發語詞，無義，只起加強語氣作用。

⑰ 吾當：即「吾」、「我」。帝王對臣下的自稱之詞。「當」是語助詞，無義。元白樸梧桐雨雜劇第一折：「卻是吾當有幸，一箇太真妃傾國傾城。」

⑱ 位下：元代對皇室后妃、諸王、公主等貴戚的稱呼。元典章聖政二均賦役：「諸位下諸衙門及權豪勢要人家，敢有似前影蔽佔悋（ㄌㄧㄣˋ，同吝）者，以違制論非。」這裏乃是以後世典制稱呼移於前朝，戲曲中借用而已。

⑲ 乍行踏：是說偶然臨駕。乍，突然。行踏，猶來臨。

是我寵幸他。今宵畫燭銀臺下，剝地管喜信爆燈花㉓。

（云）小黃門，你看那紗籠內燭光越亮了，你與我挑起來看咱。（唱）

【天下樂】和他也弄著精神射絳紗㉔。卿家㉕，你覷咱，則他那瘦岩岩影兒可喜殺㉖。（旦云）妾身早知陛下駕臨，只合遠接。接駕不早，妾該萬死。（駕唱）迎頭兒稱妾

⑳ 我特來句：意思是專程來撫慰你的傷心懷抱。填還，即補償。鮫綃帕，泛指名貴的綢緞手帕、絲巾。鮫綃，亦作「鮫綃」，傳說中人魚（鮫人）所織之綃。南朝梁任昉述異志卷上：「南海出鮫綃紗，泉室（按，即鮫人）潛織，一名龍紗，其價百餘金。以為服，入水不濡。」

㉑ 溫和句：承上句，亦指給對方撫慰溫存之意。露冷透，他本俱作「冷透」，無「露」字。淩波襪，亦作「淩波韈」，喻指美人的襪子。語本三國魏曹植洛神賦：「淩波微步，羅韈生塵。」元王實甫西廂記第三本第三折駐馬聽：「夜涼苔徑滑，露珠兒溼透了淩波韈。」

㉒ 艷姿：他本皆作「艷娃」。

㉓ 剝地句：剝地，指燈花爆裂之聲。管，即管教（他），是包管、定能之意。燈花，喻指燈燭餘燼所結成的花形，舊有燈花爆裂是吉兆，將有喜事來臨的說法。此句倒裝，是說管教他燈花爆喜事來臨。

㉔ 和他句：這句是說在燭光映照下，昭君更加光彩照人，分外美麗。

㉕ 卿家：指小黃門。小說、戲曲中君、后對臣下親切的稱呼。

㉖ 殺：猶「甚」。

身，滿口兒呼陛下，必不是尋常百姓家。

（云）看了他容貌端正，是好女子也呵。（唱）

【醉中天】將兩葉賽宮樣眉兒畫，把一個宜梳裹臉兒搽；額角香鈿貼翠花，一笑有傾城價。若是越句踐姑蘇臺上見他，那西施半籌也不納㉗，更敢㉘早十年敗國亡家。

（云）你這等模樣出眾，誰家女子？（旦云）妾姓王名嬙，字昭君，成都秭歸縣人。父親王長者，祖父以來務農為業。閭閻㉙百姓，不知帝王家禮度。（駕唱）

【金盞兒】我看你眉掃黛，鬢堆鴉；腰弄柳，臉舒霞。那昭陽到處難安插，誰問你一犁兩壩做生涯。也是你君恩留枕簟㉚，天教雨露潤桑麻。既不沙㉛俺江山千

㉗ 半籌也不納：即無可奈何，一籌莫展。籌，本為刻有數字的竹簽，計算用的籌碼，引申為計謀、運籌。這裏承上文，是說假若越王句踐在姑蘇臺上見到王昭君，便是西施也比不上她美麗。納，在這裏是贏或勝之意。「納」字他本俱作「話」。

㉘ 更敢：亦作「多敢」，猶言包管、必定。元石君寶秋胡戲妻雜劇第三折：「他不是閒遊浪子，多敢是取應的名儒。」

㉙ 閭閻：本指里巷內外之門，後多借指里里巷，亦泛指民間或平民。史記蘇秦列傳太史公曰：「夫蘇秦起閭閻，連六國從親，此其智有過人者。」

萬里，直尋到茅舍兩三家。

（云）看卿這等體態，如何不得近幸？（旦云）妾父王長者，止生妾身㉜。當初選時，使臣毛延壽索要金銀，妾家貧寒無湊，故將妾眼下點成破綻，因此發入冷宮。（駕云）小黃門，你取那影圖來看。（黃門取圖看科）（駕唱）

【醉扶歸】我則問那待詔㉝別無話，卻怎麼這顏色不加搽？點得這一寸秋波玉有瑕。端的是卿眇目，他雙瞎㉞？便宣的八百姻嬌比并他，也未必強如俺娘娘帶破

㉚ 枕簟：猶言「枕蓆」。簟，音ㄉㄧㄢˋ，坐臥鋪墊用的竹蓆或葦蓆。詩小雅斯干：「下莞上簟，乃安斯寢。」鄭玄箋：「竹葦曰簟。」此句中「也是你」，他本俱作「你不因」。

㉛ 既不沙：亦作「既不索」、「若不沙」等。猶謂如不然、若非如此。沙，語氣詞，略同於「呵」、「啊」。

㉜ 止生妾身：元曲選本無此句，據顧曲齋本、酹江集本補。

㉝ 待詔：本為官名，漢代稱被朝廷徵辟到京師去做官者為「待詔公車」。公孫弘就曾以博士待詔金馬門。事見漢書公孫弘傳。唐置翰林院，除文詞、經學之士外，卜醫技藝者也納入其中，以待皇帝詔命，故有畫待詔、醫待詔等稱，宋元人將手藝人稱為待詔即本此。這裏指的是畫待詔。白樸梧桐雨雜劇第四折：「這待詔手段高，畫的來沒半星兒差錯。」顯然指的也是宮廷畫師，即畫待詔。

賺㉟丹青畫。

（云）小黃門，傳旨說與金吾衛㊱，便拿毛延壽斬首報來。（旦云）陛下，妾父母在成都見隸民籍，望陛下恩典寬免，量與些恩榮咱。（駕云）這個煞㊲容易。（唱）

【金盞兒】你便晨挑菜，夜看瓜，春種穀，夏澆麻。情取棘針門粉壁上除了差法㊳，你向正陽門改嫁的倒榮華㊴。俺官職頗高如村社長㊵，這宅院剛㊶大似縣

㉞端的是卿眇目二句：到底是昭君眼睛有毛病，還是毛延壽瞎了雙眼？意謂毛延壽有意搗鬼，顛倒黑白。眇目，本指盲一目，或眯細之眼。這裏是說眼睛有瑕疵。

㉟破賺：即破綻。這句是說即使帶有「破綻」的昭君畫像，也強如其他嬪妃。

㊱金吾衛：掌管皇帝禁衛、扈從等事的親軍。

㊲煞：亦作「殺」，猶「甚」。

㊳情取句：意謂包管令官府衙門免除你家的賦稅、差役。情取，定教、包管。棘針門，即戟門。指官署、衙門。「棘」通「戟」。粉壁，指官署衙門張貼告示的牆壁。差法，這裏泛指一應賦稅、差役。

㊴你向正陽門句：是說你嫁與皇家定會榮華富貴。正陽門，本為宋代汴京城門名，這裏借指漢宮。此句他本或作「你向正陽門裏改嫁不村沙」。脈望館本「正」字又作「五」。

㊵村社長：村長與社長。社長，古代以社為地方基層組織，以年老又通曉農事者為社長。唐顧況〈田家〉詩：「縣帖取社長，嗔怪見官遲。」

官銜。謝天地可憐窮女婿，再誰敢欺負俺丈人家！

（云）近前來，聽寡人旨，封你做明妃者。（旦云）量妾身怎生㊷消受的陛下恩寵！（做謝恩科）（駕唱）

【賺煞】且盡此宵情，休問明朝話。（旦云）陛下明朝早早駕臨，妾這裏候駕。（駕唱）到明日，多管是醉臥在昭陽御榻㊸。（旦云）妾身賤微，雖蒙恩寵，怎敢望與陛下同榻？（駕唱）休煩惱，吾當且是耍，鬥卿來便當真假㊹。恰纔家㊺輦路兒熟滑，怎下的真個長門再不踏㊻？明夜裏西宮閤下，你是必悄聲兒接駕，我則怕六宮人攀例撥

㊶ 剛：恰、正。

㊷ 怎生：怎樣、如何。

㊸ 多管句：謂即將陪侍皇帝，得到寵幸。多管，亦作「多咱」、「多敢」。猶言大概、多半，表示推測。後面多連著「是」字用。

㊹ 吾當且是耍二句：是說不只是與你開玩笑，而是當真的。且是，只是、僅僅。鬥，通「逗」。真假，反義偏用，即「真」。參閱本劇第一折注⑰。

㊺ 恰纔家：適才、剛剛。家，亦作「價」、「介」，語尾助詞，無義。

㊻ 怎下的句：謂怎麼能忍心再不到你這冷宮來呢？下的，捨得，有強忍的意思。長門，本為漢宮名，後指冷宮。漢武帝的皇后陳阿嬌失寵後曾退居於長門宮。聞司馬相如工文章，遂奉百金令為

琵琶。(下)

(旦云)駕回了也。左右且掩上宮門,我睡些去。(下)

作辭,帝見而傷之,復得親幸。事見漢司馬相如長門賦序。

第二折

（番王引部落上，云）某呼韓單于。昨遣使臣款漢❶，請嫁公主與俺。漢皇帝以公主尚幼為辭，我心中好不自在。想漢家宮中，無邊❷宮女，就與俺一個，打甚不緊❸？直將使臣趕回。我欲待起兵南侵，又恐怕失了數年和好。且看事勢如何，別做道理。（毛延壽上云）某毛延壽。只因刷選宮女，索要金銀，將王昭君美人圖點破，送入冷宮。不想皇帝親幸，問出端的，要將我加刑。我得空逃走了，無處投奔。左右是左右❹，將著這一軸

❶ 款漢：與漢朝和好。款，交好。

❷ 無邊：喻甚多。猶「無數」。

❸ 打甚不緊：亦作「打甚麼不緊」、「打是麼不緊」、「打甚麼緊」，即有什麼要緊之意。元時謂要緊為打緊。元典章工部船隻：「海道裏官糧，交運將大都裏來的，最打緊的勾當。」加一「不」字，乃是反語見義，有加強語氣的作用。詩經中有云：「有周不顯」、「帝命不時」。毛氏訓曰：「不顯，顯也。」「不時，時也。」元曲中緊作不緊，蓋有淵源。見顧學頡、王學奇元曲釋詞。

❹ 左右是左右：當時俗語，用於權衡利弊之後決心要做某件事時，猶言「反正是這樣了」。

美人圖，獻與單于王，著他按圖索要，不怕漢朝不與他。走了數日，來到這裏，遠遠的望見人馬浩大，敢是穹廬❺也。（做問科，云）頭目，你啟報單于王知道，說漢朝大臣來投見哩。（卒報科）（番王云）著他過來。（見科云）你是甚麼人？（毛延壽云）某是漢朝中大夫毛延壽。有我漢朝西宮閣下美人王昭君，生得絕色。前者大王遣使求公主時，那昭君情願請行，漢主捨不的，不肯放來。某再三苦諫，說：「豈可重女色，失兩國之好？」漢主倒要殺我。某因此帶了這美人圖，獻與大王。可遣使按圖索要，必然得了也。這就是圖樣。（進上看科）（番王云）世間那有如此女人！若得他做閼氏❻，我願足矣。如今就差一番官，率領部從，寫書與漢天子，求索王昭君與俺和親。若不肯與，不日南侵，江山難保。就一壁廂❼引控甲士，隨地打獵，延入塞內，偵候動靜，多少是好。（下）（旦引宮女上，云）妾身王嬙。自前日蒙恩臨幸，不覺又旬月。主上昵愛過甚，久不設朝。聞的

❺ 穹廬：本指氈帳，此喻指番邦軍騎兵馬。

❻ 閼氏：音ㄧㄢ ㄓ，亦作「焉提」。漢時對匈奴單于、諸王妻的統稱，相當於漢族的皇后。史記韓信盧綰列傳：「匈奴騎圍上，上乃使人厚遺閼氏。」張守節正義：「閼，於連反，又音燕。氏，音支。單于嫡妻號，若皇后。」

❼ 一壁廂：亦作「一壁」、「一壁相」。元代俗語，謂一邊、一方面。元楊梓豫讓吞炭雜劇第二折：「一壁廂整搠人馬掩擊，無不成事。」

升殿去了，我且向妝臺邊梳妝一會，收拾齊整，只怕駕來好服侍。（做對鏡科）（駕上云）自從西宮閤下，得見了王昭君，使朕如痴似醉，久不臨朝。今日方才升殿，等不的散了，只索再到西宮看一看去。（唱）

【南呂・一枝花】四時雨露勻，萬里江山秀。忠臣皆有用，高枕已無憂。守著那皓齒星眸，爭❽忍的虛白晝。近新來染得些證候❾，一半兒為國憂民，一半兒愁花病酒。

【梁州第七】我雖是見宰相似文王施禮，一頭地離明妃早宋玉悲秋❿。怎禁他帶天香著莫定龍衣袖⓫。他諸餘⓬可愛，所事兒相投；消磨人幽悶⓭，陪伴我閑游；

❽ 爭：怎麼。明徐渭南詞敘錄：「爭得，怎得也。唐無怎字，借爭為怎。」

❾ 證候：病狀。證，應作「症」，此為借字。元無名氏碧桃花雜劇第二折：「我害的病，不陰不陽，發寒發熱，不知是甚麼症候。」

❿ 我雖是二句：是說雖然也上朝議事，卻一面在想著明妃。見宰相似文王施禮，是說與宰輔們朝中相見，自己似周文王般不失禮數。一頭地，亦作「一頭」、「一頭的」。謂一邊、一面。元高文秀襄陽會雜劇第一折：「一頭的袁紹興兵行跋扈，可又早曹公霸道騁姦回。」宋玉悲秋，戰國時楚國的辭賦家宋玉曾作九辯，起句即是「悲哉，秋之為氣也」。這裏借以形容漢元帝思念昭君的愁苦意緒。

偏宜向梨花月底登樓，芙蓉燭下藏鬮⑭。體態是二十年挑剔就的溫柔，姻緣是五百載該撥下的配偶⑮，臉兒有一千般說不盡的風流。寡人乞求他左右⑯，他比那

⑪ 怎禁句：是說元帝龍袍上尚留有昭君幽微的餘香。怎禁他，這裏是拂不去之意。著莫，又作「著末」、「著摸」、「著抹」，這裏是撩惹、透入的意思。宋朱淑真減字木蘭花春怨詞：「佇立傷神，無奈春寒著摸人。」天香，他本俱作「人香」。

⑫ 諸餘：諸般，種種或一切。金董解元西廂記諸宮調三：「更舉止輕盈，諸餘裏又稔膩，天生萬般溫雅。」此諸餘與下句「所事兒」對舉，均謂所有或一切之意。

⑬ 消磨人幽悶：解除人煩惱。消磨，這裏是化解、消除之意。幽悶，他本俱作「悶悶」。

⑭ 藏鬮：亦作「藏鉤」。古代一種遊戲，遊戲的人分為兩方，一方將鉤藏在某人手中，令對方猜，以猜中與否判定輸贏。鬮，音ㄐㄧㄡ。此遊戲來源甚早，晉周處的風土記和梁宗懍的荊楚歲時記中均有記載。元關漢卿套曲〔南呂・一枝花〕不伏老梁州第七：「花中消遣，酒內忘憂，分茶攧竹，打馬藏鬮。」

⑮ 體態二句：謂昭君神情意態天生完美，二人姻緣也是命中注定。挑剔，亦作「挑踢」。本為著意尋覓、精心遴選之意，這裏是天造地就、出落自然之意。元秦簡夫東堂老雜劇第一折：「你抛撇了這醜婦家中寶，挑踢著美女家生俏。」該撥，注定。元石君寶曲江池雜劇第一折：「子要你箇撮合山成就了鸞孤鳳隻，便是俺五百年該撥定的佳期。」

⑯ 寡人乞求他左右：謂自己巴不得讓昭君常在身邊。乞求，應該如此，有心甘情願、巴不得的意

落伽山觀自在無楊柳⑰，見一面得長壽。情繫人心早晚休⑱，則除是雨歇雲收⑲。

（做望見科，云）且不要驚著他，待朕悄地看咱。（唱）

【隔尾】恁的⑳般長門前抱怨的宮娥舊，怎知我西宮下偏心兒夢境熟㉑。愛他晚妝罷，描不成畫不就，尚對菱花㉒自羞。（做到旦背後看科）（唱）我來到這妝臺背後，

味。元陶宗儀南村輟耕錄：「世之曰乞求，蓋謂正若如是也，然唐時已有此言。唐王建宮詞：『只恐他時身到此，乞求自在得還家。』又花蕊夫人宮詞：『種得梅柑纔結子，乞求自過與君王。』」左右，身邊。詩大雅文王：「文王陟降，在帝左右。」

⑰ 他比那句：是說與觀音菩薩一樣美，只是手裏少了柳枝。觀自在，即觀音菩薩，又稱南海觀世音，相傳她手持淨瓶，瓶中插一柳枝。落伽山，亦作「洛伽山」，在今浙江定海縣東普陀島上，相傳為觀音菩薩顯靈之處。

⑱ 情繫人心早晚休：為當時成語，其上句為「塵隨車馬何年盡」。這裏是說二人情緣無盡無休。早晚，何時。

⑲ 雨歇雲收：謂了卻了情緣，結束了歡會。宋玉高唐賦中說，楚襄王夢與巫山神女歡會，神女說：「妾在巫山之陽，高丘之陰。旦為朝雲，暮為行雨，朝朝暮暮，陽臺之下。」後世遂以「雲雨」、「高唐」喻指男女歡會。

⑳ 恁的：如此、這般。明徐渭南詞敘錄：「恁的，猶言如此也。」

㉑ 怎知句：脈望館本此句下增出一句「帶云」：「娘娘添妝也」。

原來廣寒殿嫦娥在這月明裏有。

（旦做見接駕科）（外㉓扮尚書、丑㉔扮常侍上，詩云）調和鼎鼐理陰陽㉕，秉軸持鈞㉖政事

㉒ 菱花：即菱花鏡，鏡子的美稱。古銅鏡邊緣往往鑄有菱形花紋，後遂以菱花代指銅鏡。善齋吉金錄刊有唐代菱花鏡拓本，圓形，裝飾有獸形紋樣，上有五言詩一首，首句云：「照日菱華出。」

㉓ 外：元雜劇角色行當名，為「外末」、「外淨」、「外旦」之省文。外表示某行當之次要角色，如外末，即正末之外又一末也。一般單獨稱外時，多指外末或外旦。王國維古劇角色考：「謂於正色之外，又加某色以充之也。」後明清傳奇以及一些地方戲中，外則多指次要男子和年老者，正符合明徐渭在南詞敘錄中所言，「生之外又有一生」也。

㉔ 丑：亦為元劇角色名，可扮男，也可扮女。元雜劇中本無丑行，只有淨。明刊本元雜劇與元明之際雜劇有丑，當是受宋元南戲的影響。丑的來源說法不一。明徐渭南詞敘錄：「丑，以粉墨塗面，其形甚醜。今省文作丑。」一說是從宋雜劇、金院本的副淨演化而來。明清以後丑行又可分為文丑和武丑兩類，文丑中又有袍帶丑、方巾丑、褶子丑、茶衣丑和老丑等。

㉕ 調和鼎鼐理陰陽：喻指宰相輔佐天子，治理國家。調和鼎鼐，語本湯相伊尹「負鼎俎，以滋味說湯，致於王道」的說法，事見史記殷本紀。陰陽，指四時變化，古人常將四時吉凶與政治治亂聯繫起來，故「理陰陽」也有治國安邦之意。

㉖ 秉軸持鈞：亦作「秉鈞持軸」，喻指執政掌權。鈞，製陶器所用之轉輪。軸，機械中傳遞動力的主要零件。二者均指轉動、運行，故以為喻。明唐順之答曾石塘總制：「使繼此而進以秉鈞持

堂。只會中書陪伴食㉗，何曾一日為君王。某尚書令五鹿充宗㉘是也。這個是內常侍石顯㉙。今日朝罷，有番國遣使來索王嬙和番，不免奏駕。來到西宮閣下，只索進去。(做見科，云) 奏的我主得知：如今北番呼韓單于，差一使臣前來，說毛延壽將美人圖獻與他，索要昭君娘娘和番，以息刀兵；不然，他大勢南侵，江山不可保矣。(駕云) 我養軍千日，用軍一時。空有滿朝文武，那一個與我退的番兵！都是些畏刀避箭的，恁㉚不去

軸，則夫不動聲色而坐銷天下之隱憂。」

㉗ 只會中書陪伴食：此為插科打諢語，意為自己是尸位素餐的無能之輩。中書，官署名。唐代的中書省，宋代的政事堂，均可直稱「中書」。此借指朝廷最高議事與決策機構。陪伴食，即吃白飯不作為而享奉祿。舊唐書盧懷慎傳：「懷慎與紫微令姚崇對掌樞密，懷慎自以為吏道不及崇，每事皆推讓之。時人謂之『伴食宰相』。」又，宋孫近攀援秦檜而擢參知政事，時「天下望治有如饑渴，而近伴食中書，漫不敢可否事」。事詳宋史胡銓傳。類此伴食事典籍記載歷代不乏。

㉘ 五鹿充宗：西漢元帝朝佞臣，是權臣石顯的死黨，曾官為少府。

㉙ 石顯：漢元帝朝官中書令，是有名的權奸。漢書佞幸傳石顯：「顯與中書僕射牢梁、少府五鹿充宗結為黨友，諸附倚者皆得寵位。民歌之曰：『牢邪石邪，五鹿客邪，印何纍纍，綬若若邪！』言其兼官據勢也。」

㉚ 恁：音義均同「您」。古代您即指你，非為敬稱，與今用法略有不同。亦可用作複數，作「恁每」或「恁們」。元王實甫西廂記雜劇第二本楔子：「我從來斬釘截鐵常居一，不似恁惹草拈花沒掂三。」

出力，怎生教娘娘和番？（唱）

【牧羊關】與廢從來有，干戈不肯休。可不食君祿命懸君口㉛。太平時賣你宰相功勞，有事處把俺佳人遞流㉜。你們乾請㉝了皇家俸，著甚的分破帝王憂？那壁廂鎖樹的怕攀著手，這壁廂攀欄的怕攧破了頭㉞。

㉛ 可不句：猶謂有道是既食皇家俸祿，生死便掌握在天子手中。可不，亦作「可不道」、「卻不道」。張相詩詞曲語辭匯釋：「可不道，猶云豈不道也；猶云豈不有這話也。於引用成言舊話作反詰口氣時用之。」例如元孟漢卿魔合羅雜劇第四折：「可不道一言既出，便有駟馬難追？」可知「食君祿命懸君口」亦是當時熟語。命懸君口，他本皆作「命懸君手」。

㉜ 遞流：亦作「流遞」，猶放逐，亦指將罪犯押解到荒遠地方看管。古代刑法有五，具體所指歷代不盡相同。秦漢時五刑為黥、劓、斬左右趾、梟首、菹其骨肉。見漢書刑法志。隋唐以後為死、流、徒、杖、笞，見舊唐書刑法志。元代流刑規定，南人遷於遼陽迤北之地，北人遷於南方湖廣之鄉。見元史刑法志。這裏只是借用字面，非指罪犯發配。

㉝ 乾請：無功受祿，不作為而承受奉祿。乾，平白無故。請，音ㄑㄧㄥˊ，通「睛」，即承受。

㉞ 那壁廂二句：「那壁廂」、「這壁廂」，猶言那邊……這邊，或一面（是）……一面（是）。鎖樹，典出晉書劉聰載記，劉聰擬建鵖儀殿，廷尉陳元達諫阻，聰怒，欲斬之，元達抱樹大叫：臣所言者，社稷之計也。並以鎖鏈縛身於樹，左右拽之不動。聰怒解，納其諫。後因以「鎖樹」喻指死諫者。攀欄，亦作「攀檻」、「攀朱檻」，事見漢書朱雲傳。漢槐里令朱雲上書漢成帝，請誅佞臣

（尚書云）他外國說，陛下寵昵王嬙，朝綱盡廢，壞了國家。若不與他，興兵弔伐㉟。臣想紂王只為寵妲己㊱，國破身亡，是其鑒也。（駕唱）

【賀新郎】俺又不曾徹青霄高蓋起摘星樓㊲。不說他伊尹扶湯㊳，則說那武王伐紂㊴。有一朝身到黃泉後，若和他留侯、留侯廝遘㊵，你可也羞那不羞㊶？您臥

安昌侯張禹。成帝大怒，欲殺朱雲。在被拉下大殿時，朱雲攀住檻欄不放手，將檻欄拉斷，且抗聲不止。經朝臣再三說情，朱雲得以不死。成帝又命不修檻欄，保留原樣，以表彰朱雲的敢於直諫。攧，音ㄉㄧㄢ，跌。元鄭廷玉楚昭公第一折：「便休題吳姬光攧碎了溫涼玉盞。」這裏乃以二事指責朝臣們縮頭縮腦，不敢仗義直言。

㉟ 興兵弔伐：發兵討伐無道君臣，撫慰黎民百姓。孟子梁惠王下：「誅其君而弔其民。」

㊱ 紂王只為寵妲己：紂王為殷商末代傳說中有名的殘暴昏君。對內橫徵暴斂，對外窮兵黷武，且沉湎酒色，荒於朝政。他對妲己寵幸有加，言聽計從。周武王聯合各部族興師伐紂，於牧野（今河南淇縣南部）擊潰紂王。紂奔鹿臺自焚而死，妲己亦被殺身亡。事見史記殷本紀。

㊲ 俺又不曾徹青霄句：摘星樓是傳說中商紂王為妲己所建造的樓臺。徹青霄，謂其高也。雍熙樂府趙明道新水令套范蠡歸湖：「越王臺無道似摘星樓，少不的又一場武王伐紂。」

㊳ 伊尹扶湯：伊尹為商湯大臣，名伊，一名摯，尹是官名。相傳他生於伊水，故名之。他本是湯妻陪嫁的奴隸，曾躬耕於有莘之野。後助商湯滅夏桀，建立商朝。事詳尚書伊訓及呂氏春秋本味等。

㊴ 武王伐紂：武王，即周武王，姓姬名發，周文王之子。曾興師討伐殷紂王，滅商，建都鎬（故址

重裀食列鼎㊷，乘肥馬衣輕裘。您須見舞春風嫩柳宮腰瘦，怎下的教他環珮影搖青塚月，琵琶聲斷黑江秋㊸！

（尚書云）陛下，咱這裏兵甲不利，又無猛將與他相持，倘或疏失，如之奈何？望陛下割恩與他，以救一國生靈之命。（駕唱）

【鬥蝦蟆】當日個誰展英雄手，能梟項羽頭，把江山屬俺炎劉㊹？全虧韓元帥九

在今陝西西安西），國號周。參閱本折注㊱。

㊵ 留侯廝遘：與張良相比並。張良輔佐劉邦平天下，以功封為留侯。廝遘，本指相遇，這裏有相比較的意思。

㊶ 你可也羞那不羞：是說相比之下，你們將無地自容。從「有一朝身到黃泉後」以下三句，脈望館本和顧曲齋本作：「若黃泉一日相逢後，你見那張子房，羞也不羞？」子房為張良的字。

㊷ 臥重裀食列鼎：指享受奢華的生活。重裀，亦作「重茵」、「重鞇」，指雙重厚厚的坐臥墊具及鬆軟的被褥。列鼎，陳列盛饌的鼎器。古代貴族按爵品配置鼎數，只有權勢貴族纔能列鼎而食。孔子世家致思：「從車百乘，積粟萬鍾，累茵而坐，列鼎而食。」

㊸ 您須見三句：須見，猶言應見、曾見。怎下的，即怎忍心、如何捨得。舞春風嫩柳宮腰瘦，是形容昭君體態之輕盈阿娜。環珮影二句，出自金王元朗明妃詩。青塚，傳說中的昭君墓，在今內蒙古自治區呼和浩特南，因墓上長滿青草，故名。黑江，原詩作「黑河」。黑河亦在今內蒙古自治區境內，流經青塚。

里山前戰鬥㊺，十大功勞㊻成就。您也丹墀㊼裏頭，枉被金章紫綬㊽；您也朱門裏頭，都寵著歌衫舞袖。恐怕邊關透漏㊾，央及家人奔驟㊿。似箭穿著雁口，沒

㊹ 當日三句：他本俱作「直教奏屬了漢主，殺的楚姓劉」。炎劉，亦作「炎漢」，指以火德王的劉氏漢王朝。參閱楔子注⑯。

㊺ 全齣句：韓元帥即韓信，漢高祖劉邦的開國功臣，初從項羽，後投歸劉邦，拜為大將，屢建功勳。定齊後立為齊王，破項羽後又立為楚王。終以陰謀叛亂罪降為淮陰侯，為呂后所殺。史記、漢書皆有其傳。九里山前戰鬥，相傳為楚漢正面交鋒的一場激戰。九里山在今江蘇徐州北。韓信曾於此布陣，十面埋伏，大敗項羽。全齣，他本俱作「可惜了」。

㊻ 十大功勞：史記淮陰侯列傳曾歷數韓信戰功，然並未系統列為所謂「十大功勞」。倒是在元無名氏賺蒯通雜劇中，策士蒯通將韓信的功勞列作十項：一、明修棧道，暗度陳倉；二、擊殺章邯等三秦王，取了關中之地；三、涉西河，虜魏王豹；四、渡井陘，殺陳餘並趙王歇；五、擒夏悅，斬張仝；六、襲破齊歷下軍，擊走田衡；七、夜堰淮河，斬周蘭、龍且二大將；八、廣武山小會垓；九、九里山十面埋伏；十、追項王陰陵道上，逼他烏江自刎。

㊼ 丹墀：古代宮殿前的臺階及地面，因其漆成紅色，故稱。漢書外戚傳下孝成班倢伃：「俯視兮丹墀，思君兮履綦。」顏師古注引孟康曰：「丹墀，赤地也。」

㊽ 金章紫綬：亦作「金印紫綬」，黃金印章和繫印的紫色綬帶。為朝廷高官重臣所配置。漢書百官公卿表：「相國丞相皆秦官，金印紫綬。」

個人敢咳嗽。吾當僝僽51，他也、他也紅妝年幼，無人搭救。昭君共你每有甚麼殺父母冤讎？休、休，少不的滿朝中都做了毛延壽！我呵空掌著文武三千隊52，中原四百州，只待要割鴻溝53。陡恁的54千軍易得，一將難求！

（常侍云）現今番使朝外等宣。（駕云）罷罷罷，教番使臨朝來。（番使入見科，云）呼韓耶單于差臣南來，奏大漢皇帝：北國與南朝，自來結親和好，曾兩次差人求公主不與。今有毛延壽，將一美人圖獻與俺單于。特差臣來，單索昭君為閼氏，以息兩國刀兵。陛下若不從，俺有百萬雄兵，刻日南侵，以決勝負。伏望聖鑒不錯。（駕云）且教使臣館驛中

49 透漏：此指邊關被攻破。宋司馬光論西夏劄子：「本地分吏卒應巡邏者，不覺透漏，官員沖替，關士降配。」

50 央及家人奔驟：央及，即「殃及」。奔驟，這裏是奔走逃竄之意。

51 僝僽：音ㄔㄢˊ ㄓㄡˋ。此為煩惱、憂愁之意。明徐渭南詞敘錄：「僝僽，懷憂也。」

52 我呵空掌著句：脈望館本、顧曲齋本俱作「我掌劉氏三千里」。

53 割鴻溝：楚漢相爭時，項羽曾與劉邦議和，約定將鴻溝以西的地方歸於漢。事見史記項羽本紀。鴻溝，即今河南之賈魯河。

54 陡恁的：亦作「恁陡的」，猶言「簡直是」或「竟然這樣」。元關漢卿謝天香雜劇第一折：「你陡恁的無才思，有甚省不的兩椿兒。」

安歇去。（番使下）（駕云）您眾文武商量，有策獻來，可退番兵，免教昭君和番。大抵是欺娘娘軟善，若當時呂后在日，一言之出，誰敢違拗(55)！若如此，久已後也不用文武，只憑佳人平定天下便了。（唱）

【哭皇天】你有甚事疾忙奏，俺無那鼎鑊邊滚熱油。我道您文臣安社稷(56)，武將定戈矛(57)；您只會文武班頭(58)，山呼萬歲(59)，舞蹈揚塵，道那聲誠惶頓首。如今

---

(55) 若當時三句：呂后，漢高祖劉邦之妻，名雉，曾於西元前一八七至一八〇年執政，史稱高后。漢書匈奴傳載，孝惠、高后時，匈奴冒頓驕橫，乃為書遺使至漢廷，頗有辱漫之詞。高后大怒，欲斬其使者，發兵匈奴。後經樊噲、季布勸阻，乃止。這裏言呂后敢怒敢言，當指此。

(56) 我道句：他本俱於「文臣」下多一個「合」字。

(57) 武將定戈矛：他本「武將」下亦有一個「合」字。

(58) 文武班頭：即文臣武將中之首屈一指者。班頭，亦作「班首」。古代文武大臣朝見天子時，須按照職務身分為若干班，如宰執班、御史班、供奉班等等，各班的第一人稱之為班頭或班首。後引申為各行業技能技巧首屈一指者。如明賈仲明為關漢卿補作輓詞有云：「姓名香四大神州，驅梨園領袖。總編修帥首，捻雜劇班頭。」這裏所用為本意。元典章禮部一記朝貢：「凡遇進賀行禮，若令守士官為班首，於禮相應。」

(59) 山呼萬歲：封建時代臣下對天子的祝頌儀式，須叩頭高呼「萬歲」三次。據傳始於漢武帝巡視嵩山，聽到山谷間高呼三聲「萬歲」，此後遂成為臣子拜見天子的固定儀式。唐盧綸皇帝感詞詩：

陽關60路上，昭君出塞；當日未央宮61裏，女主垂旒62。文武每，我不信你敢差排63呂太后。枉以後、龍爭虎鬥，都是俺鸞交鳳友。

（旦云）妾既蒙陛下厚恩，當效一死，以報陛下。妾情願和番，得息刀兵，亦可留名青史。但妾與陛下闈房之情，怎生拋捨也！（駕云）我可知64捨不的卿哩！（尚書云）陛下割恩斷愛，以社稷為念，早早發送娘娘去罷。（駕唱）

「山呼一萬歲，直入九重城。」

60 陽關：古代關名。在今甘肅敦煌西南，因位於玉門關以南，故稱。漢書地理志下：「有陽關、玉門關，皆都尉制。」又，因唐王維送元二使安西詩中有「西出陽關無故人」句，陽關亦與離別之意融為一體，古曲有陽關三疊，也稱渭城曲。

61 未央宮：漢代宮殿名。故址在陝西西安西北長安故城西南隅，漢高祖七年（西元前二〇〇年）由丞相蕭何主持建造，為常朝見之處所。新莽末曾毀棄，東漢末董卓復葺，改稱未央殿。

62 女主垂旒：指呂后執掌朝政。垂旒，本指帝王冠冕上以絲繩繫玉垂下之飾物，象徵身分與地位，故用為帝王的代稱。旒，音ㄌㄧㄡˊ。

63 差排：即差派，調遣。這裏有役使之意。

64 可知：亦作「可知道」，這裏是「真心的」、「打從心底裏」的意思。張相詩詞曲語辭匯釋：「可知，猶云當然也；難怪也。」元王實甫西廂記第二本第二折：「見了衣冠濟楚龐兒整，可知道引動俺鶯鶯。」

【烏夜啼】今日嫁單于，宰相休生受⑥⑤，早則俺漢明妃有國難投。它那裏黃雲不出青山岫。投至⑥⑥兩處凝眸，盼得一雁橫秋。單注著寡人今歲攬閑愁⑥⑦，王嫱這運添憔瘦。翠羽冠，香羅綬，都做了錦蒙頭暖帽，珠絡縫貂裘。

（云）卿等今日先送明妃到驛中，交付番使，待明日朕親出灞陵橋⑥⑧，送餞一杯去。（尚書云）只怕使不的，惹外夷恥笑。（駕云）卿等所言，我都依著；我的意思，如何不依？好歹去送一送。我一會家⑥⑨只恨毛延壽那廝。（唱）

---

⑥⑤ 生受：操心、煩擾。張相詩詞曲語辭匯釋：「生受，有吃苦或為難意；有麻煩或煩勞意。」元關漢卿魯齋郎雜劇第二折：「生受哥哥，將酒來吃三杯。」

⑥⑥ 投至：亦作「投至的」、「投至得」、「投到」等，均為待到、及至的意思。元尚仲賢單鞭奪槊雜劇第一折：「軍師，投至俺得這尉遲恭，非同容易也呵！」

⑥⑦ 單注著句：猶言命中注定我今年要為煩愁纏繞。單注著，猶明擺著，有注定之意。攬，包攬。閑愁，無端無由的愁悶，又多指因情愛所惹的愁苦。元王實甫西廂記第一本楔子：「花落水流紅，閑愁萬種，無語怨東風。」

⑥⑧ 灞陵橋：故址在今陝西西安東。據三輔黃圖卷六記載，灞陵橋又名銷魂橋，為古代長安人送別餞行之所在，「漢人送客至此橋，折柳贈別」。

⑥⑨ 一會家：即一會兒，此處省略「這」字，指這一會兒，也就是當下。家，語尾助詞，無義。

【三煞】我則恨那忘恩咬主賊禽獸，怎生不畫在凌煙閣上頭⑰？紫臺行都是俺手裏的眾公侯⑱，有那椿兒⑲不共卿謀，那件兒不依卿奏，爭忍教第一夜夢迤逗⑳？從今後不見長安望北斗，生扭做㉑織女牽牛！

（尚書云）不是臣等強逼娘娘和番，奈番使定名索取。況自古以來，多有因女色敗國者。

（駕唱）

【二煞】雖然似昭君般成敗都皆有，誰似這做天子的官差不自由！情知他怎收那膘滿的紫驊騮㉒。往常時翠轎香兜㉓，兀自倦朱簾揭綉㉔，上下處要成就㉕。誰

---

⑰ 怎生句：凌煙閣，本是唐貞觀十七年（西元六四三年）唐太宗下詔，將其二十四位開國功臣圖像懸掛於凌煙閣中。這裏是表示對毛延壽的憤恨，正語反說，言外之意是牢記住毛延壽的罪行。怎生，他本俱作「把恁怎」。

⑱ 紫臺行句：紫臺，即紫宮，指皇帝居所。行，音ㄏㄤˊ。置於地名之後表示方位，猶言皇宮之中。唐李商隱淚詩：「人去紫臺秋入塞，兵殘楚帳夜聞歌。」此句脈望館本、顧曲齋本均作「紫臺行吏須知咱是君臣」。

⑲ 有那椿兒：他本俱作「那一件兒」。

⑳ 迤逗：亦作「拖逗」、「拖鬥」。是招惹、撩撥的意思。

㉑ 生扭做：硬做成、強扭做之意。扭，或作「紐」。脈望館本、顧曲齋本無「扭」字，作「生做」。

承望月自空明水自流，恨思悠悠。

（旦云）妾身這一去，雖為國家大計，爭奈捨不的陛下。（駕唱）

【黃鍾尾】怕娘娘覺饑時吃一塊淡淡鹽燒肉，害渴時喝一杓兒酪和粥79。我索80折一枝斷腸柳，餞一杯送路酒。眼見得趕程途趁宿頭81，痛傷心重回首。則怕他望不見鳳閣龍樓，今夜且則向灞陵橋畔宿。（下）

---

75 情知他句：是說昭君不慣騎馬遠行。情知，猶言「明明知道」。紫驊騮，名馬的美稱，此泛指馬。

76 往常時翠轎香兜：言以往出行總是乘華麗的轎子，並不騎馬。兜，通「篼」。竹製的轎子。

77 兀自倦朱簾揭綉：猶言尚懶於揭開轎簾。兀自，亦作「古自」、「故自」等。有時前置「尚」或「上」字，作「尚兀自」、「尚故自」、「尚古子」、「上兀自」、「上古自」等，均為「尚且」之意。「兀自倦」三字，他本皆作「猶斜捲」。顧曲齋本「捲」則作「倦」。

78 成就：這裏是扶持、照料的意思。

79 酪和粥：當指奶茶。蒙古族奶茶中要放少許炒米。宋梅堯臣送刁景純學士使北詩：「朝供酪粥冰生椀，夜臥氈廬月照沙。」

80 索：須，應。有時須、索連用，義同。前者如金董解元西廂記諸宮調卷二：「兵書戰策，索拜做師父。」後者如元王實甫西廂記第一本第二折：「這相思須索害也。」

81 眼見得句：是說昭君即將出塞，不知趲行趕路何處歇宿。趁，追逐、追趕。劉宋何承天纂文：「關西以逐物為『趁』。」這裏是趕路之意。宿頭，寄宿之旅舍。

第三折

（番使❶擁旦上，奏胡樂❷科，旦云）妾身王昭君。自從選入宮中，被毛延壽將美人圖點破，送入冷宮。甫能❸得蒙恩幸，又被他獻與番王形像。今擁兵來索，待不去，又怕江山有失；沒奈何將妾身出塞和番。這一去，胡地風霜，怎生消受也！自古道：「紅顏勝人多薄命，莫怨春風當自嗟❹。」（駕引文武內官上，云）今日灞橋餞送明妃，卻早來到也。（唱）

【雙調・新水令】錦貂裘生改盡漢宮妝，我則索❺看昭君畫圖模樣。舊恩金勒

❶ 番使：外族或國外使節，此指匈奴赴漢朝的使官。番是古代對北方和西北少數民族之稱謂。

❷ 胡樂：泛指北方少數民族或域外音樂。胡，略同「番」，漢魏南北朝人往往稱西域人為胡，周禮考工記序：「粵無鎛，燕無函，秦無廬，胡無弓車。」鄭玄注引鄭司農曰：「胡，今匈奴。」

❸ 甫能：亦作「副能」、「付能」。又作「不甫能」、「不付能」。不字乃以反語見義，均為剛剛開始，纔能夠之意，含有好不容易的意味。

❹ 紅顏勝人多薄命二句：這是宋歐陽脩明妃曲中的成句。

短，新恨玉鞭長。本是對金殿鴛鴦，分飛翼怎承望！

（云）您文武百官計議，怎生退了番兵，免明妃和番者。（唱）

【駐馬聽】宰相每商量，大國使還朝多賜賞❻。早是俺夫妻悒怏❼，小家兒出外也搖裝❽。尚兀自渭城衰柳助凄涼，共那灞橋流水添惆悵。偏您不斷腸。想娘娘那一天愁都撮在琵琶上。

（做下馬科）（與旦打悲科）（駕云）左右慢慢唱者，我與明妃餞一杯酒。（唱）

【步步嬌】您將那一曲陽關休輕放❾，俺咫尺如天樣。慢慢的捧玉觴，朕本意待

❺ 則索：亦作「子索」、「只索」。是只得、只能的意思。元張國賓合汗衫雜劇第三折：「婆婆也，喒去來波，可則索與他日轉千街。」

❻ 大國使句：謂護送昭君去匈奴的漢朝使者還朝後將有獎賞。大國使，脈望館本、顧曲齋本皆作「入國使」。

❼ 早是俺夫妻悒怏：無奈帝與妃心情煩擾。早是，本來、已是。悒怏，脈望館本、顧曲齋本作「屈快」。

❽ 小家兒句：即使是小戶人家遠行也要以禮數送別。搖裝，亦作「遙妝」。古代風俗，遠行者擇吉日出門，親友們送至江邊，被送者上船稍行即返，另日再正式出發，稱為搖裝。見明人姜准歧海瑣談。搖裝，他本俱作「拴裝」，皆誤。

尊前捱些時光。且休問劣了宮商⑩，您則與我半句兒俄延⑪著唱。

（番使云）請娘娘早行，天色晚了也。（駕唱）

【落梅風】可憐俺別離重，你好是歸去的忙。寡人心先到他李陵臺⑫上。回頭兒卻纔魂夢裏想，便休題貴人多忘⑬。

（旦云）妾這一去，再何時得見陛下？把我漢家衣服都留下者。正是⑭：今日漢宮人，明

---

⑨ 你將那句：是說慢一些唱送別的陽關曲。聯繫下文，可知元帝不忍與昭君遽別，有意拖延時間，以便和昭君多廝守一會兒。陽關一曲，因唐王維送元二使安西詩中有「勸君更盡一杯酒，西出陽關無故人」句，後人遂將其譜作送別的歌曲，名為陽關三疊。

⑩ 劣了宮商：謂音樂演奏得不好。宮商，是中國古代五聲音階宮、商、角、徵、羽的簡稱，這裏代指音樂。劣，猶「乖」，此指不和諧。宋書袁豹傳：「膠柱於昔弦，忽宮商之乖調，徒有考課之條，而無毫分之益。」

⑪ 俄延：亦作延俄，猶「拖延」、「延緩」。元楊梓霍光鬼諫第一折：「休那裏延俄歲月，打捱時光。」

⑫ 李陵臺：故址在今內蒙古自治區波羅城，相傳為漢代名將李陵與匈奴激戰的地方。李陵，隴西成紀（今甘肅秦安）人，字少卿，名將李廣之孫。武帝時為騎都尉，率軍征戰匈奴，兵敗而降。

⑬ 回頭兒二句：魂夢裏想，別本俱作「內心想」。休題，猶言「莫道」。題，提起、說道。

⑭ 正是：元曲選本於「正是」前有「（詩云）」二字，重複，據他本刪去。

朝胡地妾；忍著主衣裳，為人作春色⑮。（留衣服科）（駕唱）

【殿前歡】說甚麼留下舞衣裳⑯，被西風吹散舊時香⑰。我委實怕宮車再過青苔巷，猛到椒房⑱、那一會想菱花鏡裏妝，風流相，兜的⑲又橫心上。看今日昭君出塞，幾時似蘇武還鄉⑳？

---

⑮ 今日漢宮人四句：前二句出於唐李白王昭君詩，後二句出於宋陳師道妾薄命詩。

⑯ 說甚麼句：說，原作「則」，此據酹江集本改。

⑰ 被西風句：被，脈望館本作「怕」，顧曲齋本、酹江集本作「我則怕」。西風吹散舊時香，元詩人元淮昭君出塞詩有句：「西風吹散舊時香，收起宮妝換北妝。」題下自注：「馬智遠詞。」馬智遠當即是馬致遠，顯然元淮是看過漢宮秋雜劇後，感而題詠的。

⑱ 椒房：古代皇后及嬪妃所居之殿以花椒和泥塗壁，取其溫暖且有香氣，兼取椒多子（籽）之義。宋劉攽漢官儀：「皇后稱椒房，取其實蔓延盈昇，以椒塗室，取溫暖除惡氣也，猶天子朱泥殿上曰丹墀。」元無名氏醉寫赤壁第一折：「他生的千嬌百媚人中樣，比花花無語，比玉玉無香，堪移在蘭舍椒房。」

⑲ 兜的：猶「陡的」。突然的、猛然間之意。

⑳ 蘇武還鄉：蘇武為漢武帝時出使匈奴的使臣，匈奴迫其通番叛漢，他始終守節不屈，後被流放於北海（今貝加爾湖）牧羊，嚙雪吞氊，手不離仗節（代表使臣身分之旌節），被禁十九載始還朝。昭帝朝拜為典屬國，宣帝時賜爵關內侯，畫像入麒麟閣。事詳漢書蘇建傳。

（番使云）請娘娘行罷，臣等來多時了也。（駕云）罷罷罷，明妃，你這一去，休怨朕躬也。（做別科，駕云）我那裏是大漢皇帝！（唱）

【雁兒落】我做了別虞姬楚霸王㉑，全不見守玉關征西將㉒。那裏取保親的李左車，送女客的蕭丞相㉓？

（尚書云）陛下不必挂念。（駕唱）

【得勝令】那裏也架海紫金梁㉔？枉養著那邊庭上鐵衣郎㉕。您也要左右人扶

㉑ 別虞姬楚霸王：楚漢相爭時，項羽在垓下為劉邦圍困，於烏江突圍時兵敗自刎。在與虞姬訣別時項羽慷慨悲歌：「力拔山兮氣蓋世，時不利兮騅不逝。騅不逝兮可奈何，虞兮虞兮奈若何！」事詳史記項羽本紀。

㉒ 守玉關征西將：玉關，即玉門關。征西將，指西漢將領破奴。破奴曾從衛青征討匈奴，被封為從驃侯。史記大宛列傳：「於是天子以故遣從驃侯破奴將屬國騎及郡兵數萬，……擄樓蘭王，遂破姑師。」

㉓ 那裏二句：古代女子出嫁時，由親戚一人陪送新娘到夫家，謂之送親客。李左車，秦末謀士，初依趙王武臣，後歸韓信。事詳史記淮陰侯列傳。蕭丞相，即蕭何，隨劉邦起義，官至丞相。史記、漢書皆有傳。史書上並無李、蕭保媒送親的記載，此不過是元帝在諷刺文武大臣們，說他們全無雄才大略，只會一味地讓昭君出塞和番。

侍，俺可甚糟糠妻不下堂㉖！您但提起刀槍，卻早小鹿兒心頭撞㉗。今日央及㉘煞娘娘，怎做的男兒當自強！

（尚書云）陛下，咱回朝去罷。（駕唱）

【川撥棹】怕不待㉙放絲繮，咱可甚鞭敲金鐙響㉚。你管燮理陰陽，掌握朝綱；

㉔ 那裏也句：那裏也，原作「他去也不沙」，此從顧曲齋本、酹江集本改。元人雜劇常用「擎天白玉柱，架海紫金梁」比喻國家的棟梁之材，此句猶言無處去尋國家得力的將相。

㉕ 鐵衣郎：指身穿鎧甲的戍邊軍士兵卒。

㉖ 俺可甚句：原本無「不」字，據別本加。糟糠妻，指貧賤時共患難之妻。糟糠，粗糲的飲食。下堂，即休棄。後漢書宋弘傳：「臣聞貧賤之知不可忘，糟糠之妻不下堂。」可甚，可甚麼的省語，猶言談不上、算什麼。其後往往是成語、俗諺，為元曲中一種特殊句法形態。

㉗ 您但提起刀槍二句：意為你們這些文武大臣，一說起刀槍戰事，就都膽顫心驚了。小鹿兒心頭撞，喻因緊張而心跳加快，元人雜劇中常用之俗語。您但提起刀槍，顧曲齋本、酹江集本皆作「但聽的刀槍撲撲的」。

㉘ 央及：禍及、連累。

㉙ 怕不待：亦作「怕不道」。猶言難道不、豈能不。

㉚ 咱可甚句：元人雜劇常以「鞭敲金鐙響，人唱凱歌回」之套語形容軍旅得勝歸來。可甚，猶「如何」，「拿什麼」。承上句，意思是本意不想讓昭君出塞和番，可匈奴若因此來犯，又沒有打勝仗

治國安邦，展土開疆。假若俺高皇，差你個梅香㉛，背井離鄉，臥雪眠霜；若是他不戀恁春風畫堂，我便官封你一字王㉜。

（尚書云）陛下，不必苦死留他，著他去了罷。（駕唱）

【七弟兄】說甚麼大王不當戀王嬙㉝，兀良㉞，怎禁他臨去也回頭望！那堪這散

的把握。

㉛ 梅香：元雜劇中對婢女的泛稱。大約是從宋陸佃埤雅中「梅花優於香，桃花優於色」之語化用而來。這裏指喻昭君，非取其位卑之義，而是取其弱女子且又不能自主獨立的含義。

㉜ 若是二句：是說假使能讓昭君不羈留塞外，我就封你最高的王位。這當是對番使說的，自然也是請番使轉達呼韓耶單于的話。恁，同「您」。不戀，脈望館本、顧曲齋本作「不叫」。一字王，清袁枚隨園隨筆官職有云：「遼史有一字王之稱，蓋如趙王、魏王之類，皆國王也。若郡王則必二字，如混同郡王、蘭陵郡王之類，較一字王為卑。」漢代並無「一字王」之稱，此不過是借用罷了。

㉝ 大王不當戀王嬙：此便是周德清中原音韻中所說的「六字三韻語」的典型用例，與王實甫西廂記中的「忽聽」、「一聲」、「猛驚」異曲同工。「戀」字當視為襯字。

㉞ 兀良：亦作「兀剌」，無實際意義，或起調整音節作用，或作引起話頭之用。張相詩詞曲語辭匯釋：「此雖為指點辭，然其性質，實為襯字或話搭頭。吾人於說話時，輒加入這個、那個、這麼、那麼之話搭頭，不過為加強其語氣，或婉轉其語氣之作用，按之實際，未嘗不可刪去也。」

風雪旌節影悠揚㉟，動關山鼓角聲悲壯。

【梅花酒】呀！俺向著這迥野㊱悲涼：草已添黃，兔早迎霜㊲；犬褪得毛蒼，人搠起纓鎗；馬負著行裝，車運著餱糧㊳，打獵起圍場㊴。他、他、他傷心辭漢主，我、我、我攜手上河梁㊵。他部從㊶入窮荒，我鑾輿返咸陽㊷。返咸陽，過

㉟ 那堪句：顧曲齋本、酹江集本皆作「我可甚風流旌節韻悠揚」。

㊱ 迥野：遼闊的原野。迥，遼遠、偏僻。唐司空曙送魏季羔長沙覲兄：「鶴高看迥野，蟬遠入中流。」

㊲ 兔早迎霜：兔，各本俱作「色」，此從雍熙樂府、詞林摘艷所收曲文改。迎霜，喻指白色，迎霜兔即白兔，這是元人習慣說法。又，宋王得臣麈史卷下：「官制，時將作監簿改為承務郎。或曰：遷官則為迎霜兔矣。」

㊳ 車運著餱糧：車上裝載著乾糧。餱，音ㄏㄡˊ，本作「糇」，指乾糧。詩大雅公劉：「乃裹糇糧」。車，脈望館本作「馳」，實即「駞」，亦即「駝」字。

㊴ 打獵起圍場：是說四面合圍而獵。圍場，即獵場。大金國志：「每獵，則必以隨駕軍密布四圍，曰圍場。」此指國王出獵。北方少數民族之圍獵，往往又是軍事演習活動。

㊵ 攜手上河梁：文選李少卿與蘇武詩：「攜手上河梁，遊子暮何之」。河梁，即橋梁，詩文中往往以「上河梁」喻指依依惜別。

㊶ 部從：亦作「步從」，即隨從。

宮墻㊸；過宮墻，遶迴廊；遶迴廊㊹，近椒房；近椒房，月昏黃；月昏黃，夜生涼；夜生涼，泣寒螿㊺；泣寒螿，綠紗窗；綠紗窗，不思量。

【收江南】呀！不思量除是鐵心腸。鐵心腸也愁淚滴千行。美人圖今夜挂昭陽，我那裏供養，便是我高燒銀燭照紅妝㊻。

（尚書云）陛下回鑾罷，娘娘去遠了也。（駕唱）

【鴛鴦煞】我則索大臣行說一個推辭謊，又則怕筆尖兒那火編修講㊼。不見他花

㊷ 我鑾輿返咸陽：鑾輿，指皇帝所乘坐的車駕。因上有鑾鈴，故稱。咸陽，故址在今咸陽東北二十里處，渭水以北。漢元帝曾改稱新城、渭城。這裏泛指後宮。以上二句，他本皆作「前面早叫排行，愁鑾輿到咸陽」。

㊸ 過宮墻：他本俱作「過蕭墻」，後面疊句亦同，且增出「葉飄黃」及其疊句。

㊹ 遶迴廊：他本俱於此句下增出「竹生涼」及其疊句。

㊺ 寒螿：通釋為寒蟬。元薩都剌滿江紅金陵懷古：「玉樹歌殘秋露冷，胭脂井壞寒螿泣。」螿，音ㄐㄧㄤ。似蟬而小，青赤色。

㊻ 高燒銀蠋照紅妝：宋蘇軾海棠詩：「只恐夜深花睡去，故燒高燭照紅妝。」戲曲中多以此句喻洞房花燭之夜。

㊼ 我則索二句：謂我有心在大臣們面前說句推辭的話，又怕那些耍筆桿子的編修官們說三道四。則

朵兒精神，怎趁那草地裏風光？唱道㊽竚立多時，徘徊半晌；猛聽的塞雁㊾南翔，呀呀的聲嘹亮。卻原來滿目牛羊，是兀那㊿載離恨的氈車半坡裏響。（下）

（番王引部落擁昭君上，云）今日漢朝不棄舊盟，將王昭君與俺番家和親。我將昭君封為寧胡閼氏，坐我正宮。兩國息兵，多少是好。眾將士，傳下號令，大眾起行，望北而去。（做行科）（旦問云）這裏甚地面了？（番使云）這是黑龍江51，番漢交界去處。南邊屬漢

索，原作「煞」，此從顧曲齋本、酹江集本改。則索、只索、煞，都是「只須」之意。行，用於人稱代詞後面，表示方位。大臣行，猶言大臣那裏。火，同「伙」，亦即「夥」，表示複數，猶「一群」、「一幫」。編修，官名，主持編纂修訂國史的文職官員。

㊽ 唱道：亦作「暢道」。有「端的（是）」、「正是」或「簡直是」之意。元雜劇中〔雙調・鴛鴦煞〕第五句必冠以「唱道」二字，與叨叨令中必以「也麼哥」疊句結束一樣，乃是一種曲式定格。其詞義往往無明確所指，如張相在其詩詞曲語辭匯釋中所說的那樣，有時只是話搭頭，幾不能強解。

㊾ 塞雁：他本俱作「寒雁」。

㊿ 兀那：即「那」。兀是發語詞，起加重語氣作用。

51 黑龍江：此黑龍江之「龍」字或為衍文，「題目」作「黑江」，當指今內蒙古呼和浩特南二十里之黑河，蒙語名伊克土爾根河。本稱金河，後曰黑河。如此方能與青塚聯繫起來，其與今黑龍江無涉。

家，北邊屬我番國。（旦云）大王，借一杯酒，望南澆奠；辭了漢家，長行去罷。（做奠酒科，云）漢朝皇帝，妾身今生已矣，尚待來生也。（做跳江科）（番王驚救不及，歎科，云）嗨，可惜可惜！昭君不肯入番，投江而死。罷罷罷，就葬在此江邊，號為青塚者。我想來，人也死了，枉與漢朝結下這般讎隙，都是毛延壽那廝搬弄出來的。把都兒㊾，將毛延壽拿下，解送漢朝處治。我依舊與漢朝結和，永為甥舅，卻不是好。（詩云）則為他丹青畫誤了昭君，背漢主暗地私奔，將美人圖又來哄我，要索取出塞和親。豈知道投江而死，空落的一見消魂。似這等奸邪逆賊，留著他終是禍根。不如送他去漢朝哈喇㊿，依還的甥舅禮，兩國長存。（下）

52 把都兒：亦作「拔都」、「把都」、「巴圖魯」、「拔突」等。蒙古語勇士、武士的音譯。

53 哈喇：亦作「哈剌」、「哈剌兒」。蒙古語殺頭、殺死的音譯。華夷譯語下：「殺曰阿蘭，即哈剌也。」

第四折

（駕引內官上，云）自家漢元帝。自從明妃和番，寡人一百日不曾設朝。今當此夜景蕭索，好生煩惱。且將這美人圖挂起，少解悶懷也呵。（唱）

【中呂・粉蝶兒】寶殿涼生，夜迢迢六宮❶人靜。對銀臺一點寒燈，枕席間、臨寢處，越顯的吾身❷薄倖。萬里龍廷，知他宿誰家一靈真性。

（云）小黃門，你看爐香盡了，再添上些香。（唱）

【醉春風】燒盡御爐香，再添黃串餅❸。想娘娘似竹林寺不見半分形❹，則留下

❶ 六宮：相傳古代天子有六宮。周禮天官內宰：上春，詔王后率六宮之人。鄭玄注謂六宮中正寢一，燕寢五。後泛稱皇后嬪妃居所為六宮。

❷ 吾身：別本或作「吾當」，均為天子對臣下自稱之詞。參閱本劇第一折注⓱。

❸ 黃串餅：亦作「黃篆餅」。置於香爐內燻燒的餅形香料。

❹ 想娘娘句：是說昭君只有丹青（畫像）在，人卻杳然無跡。竹林寺，金元間寺院名。傳說寺中一塔無影。元迺易之金臺集卷二南城咏古十六首，其第九首題作竹林寺，原注云：「金熙宗駙馬宮

這個影、影。未死之時，在生之日，我可也一般恭敬。

（云）一時困倦，我且睡些兒。（唱）

【叫聲】高唐夢苦難成，那裏也愛卿、愛卿，卻怎生無些靈聖？偏不許楚襄王枕上雨雲情❺。

（做睡科）（旦上，云）妾身王嬙，和番到北地，私自逃回。兀的❻不是我主人！陛下，妾身來了也。

（番兵上，云）恰纔我打了個盹，王昭君就偷走回去了。我急急趕來，進的漢宮，兀的不是昭君！

也。寺僧云，一塔無影。」又，清吳長元宸垣識略卷十竹林寺條：遼道宗八年，楚國大長公主捨私第為寺，賜額竹林，又云金熙宗駙馬宮也。寺僧云，一塔無影。考按：「竹林寺，明景泰中重建，易名法林，在筆管胡同，今廢為菜園。有天順間翰林學士呂原碑，其塔已不可考。」這裏只是借用有塔無影以喻人之有形無跡。

❺ 偏不許句：承此曲首句「高唐夢苦難成」意，用楚襄王夢巫山神女事，表達了漢元帝對昭君苦苦思念之情。參閱本劇第二折注⓳。此叫聲曲各本文字歧異較多。脈望館本、顧曲齋本首句作「高唐也夢難成」；尾句則作「怎做的吾當染之輕」。

❻ 兀的：亦作「兀底」、「兀得」。猶言「這」。後連「不」字，表示反詰語氣，猶「這豈不」。

（做拿旦下）（駕醒科，云）恰纔見明妃回來，這些兒如何就不見了？（唱）

【剔銀燈】恰纔這搭兒單于王❼使命，呼喚俺那昭君名姓。偏寡人喚娘娘不肯燈前應，卻原來是畫上的丹青。猛聽得仙音院鳳管鳴，更說甚簫韶九成❽。

【蔓青菜】白日裏無承應，教寡人不曾一覺到天明，做的個團圓夢境❾。（雁叫科，唱）卻原來雁叫長門兩三聲，怎知道更有個人孤另❿。（雁叫科）（唱）

---

❼ 單于王：他本俱作「單于國」。

❽ 猛聽得二句：是說後宮傳來了陣陣音樂聲。仙音院，本是蒙古汗國中統初設立的掌管音樂和樂工的機構。元王朝建立後改稱玉宸院。漢代並無此機構，這裏不過是泛指宮廷樂工。元白樸梧桐雨雜劇第二折：「囑咐你仙音院莫怠慢，道與你教坊司要迭辦。」鳳管，本為笙簫之樂的美稱，亦泛指絲竹樂器。洞冥記中說，漢武帝曾看到雙白鵠集於臺上，倏忽變二神女翩翩起舞，手中「握鳳管之簫」。更說甚，顧曲齋本、酹江集本作「便湊著」。簫韶，傳說為虞舜時創製的樂曲，亦泛指仙樂。九成，猶九闋，樂曲終止曰成。書益稷：「簫韶九成，鳳凰來儀。」孔穎達疏：「成猶終也，每曲一終，必變更奏。故經言九成，傳言九奏，周禮為之九變，其實一也。」

❾ 教寡人二句：顧曲齋本、酹江集本兩句合為一句，作「不曾做一個到天明這夢境」。

❿ 孤另：同「孤零」。

【白鶴子】多管是春秋高，筋力短，莫不是食水少，骨毛輕？待去後，愁江南網羅寬；待向前，怕塞北雕弓硬。

【幺篇】傷感似替昭君思漢主，哀怨似作薤露哭田橫⓫；淒愴似和半夜楚歌聲⓬，悲切似唱三疊陽關令⓭。

（雁叫科）（云）則被那潑毛團叫的悽楚人也。（唱）

【上小樓】早是⓮我神思不寧，又添個寃家⓯纏定。他叫得慢一會兒緊一聲兒，

⓫ 作薤露哭田橫：田橫為秦末齊人，曾自立為齊王。後被劉邦打敗，退居於海上。漢朝既立，劉邦派人招降，田橫被迫前往洛陽，於途中自殺。他的部下，棲居海島上的五百多名壯士也全都自殺。事詳史記田儋列傳。薤露，是古代輓歌。薤，音ㄒㄧㄝˋ。晉崔豹古今注：「薤露、蒿里並喪歌也。本出田橫門人。橫自殺，門人傷之，為之悲歌，言人命如薤上之露，易晞滅也。」

⓬ 半夜楚歌聲：劉邦將項羽圍在垓下，命士卒半夜裏唱起楚歌，動搖楚軍的軍心，即所謂四面楚歌。事詳史記項羽本紀。

⓭ 三疊陽關令：即陽關三疊曲，參見本劇第三折注❾。

⓮ 早是：這裏是已是或已然的意思。

⓯ 寃家：元劇中多用於對所愛之人的昵稱，乃是愛極之反語。明王伯良注西廂記有云：「不曰可愛，而曰可憎，反詞見義。猶業寃、寃家之謂，愛之極也。」這裏所用非指人，故略有不同。元

和盡寒更。不爭⑯你打盤旋，這搭裏同聲相應，可不差訛了四時節令⑰？

【幺篇】你卻待尋子卿、覓李陵，對著銀臺，叫醒咱家，對影生情⑱。則俺那遠鄉的漢明妃雖然得命⑲，不見你個潑毛團也耳根清淨。

（雁叫科）（云）這雁兒呵。（唱）

【滿庭芳】又不是心中愛聽，大古似林風瑟瑟，嵒溜泠泠⑳。我只見山長水遠天

帝因思念昭君而「神思不寧」，雁叫更攪擾得他心煩意亂，因而他罵孤雁作「潑毛團」，這裏的寃家也就不再是昵稱，而是詈詞了。

⑯ 不爭：此用作設詞，相當於「果若是」、「倘若是」。按，不爭在元雜劇中多用之，用在不同地方意義也有所不同。詳見顧學頡、王學奇元曲釋詞。元鄭光祖倩女離魂雜劇第二折：「不爭他江渚停舟，幾時得門庭過馬。」

⑰ 可不差句：據前文，漢元帝深秋時灞橋送別昭君，別後百日不設朝。那麼，此時當是早春時節，不該有大雁悲鳴。因此，他有些神情恍惚，連四時節序也不清楚了。差訛，這裏是顛倒、錯亂之意。

⑱ 你卻待四句：子卿，即蘇武，其事可參見本劇第三折注⑳。李陵，參見本劇第三折注⑫。叫醒咱家，對影生情，脈望館本作「衠教吾家對影生情」；顧曲齋本作「轉教吾見景生情」。

⑲ 得命：猶「認命」。是說命運不濟。顧曲齋本、酹江集本作「薄命」。

⑳ 大古似二句：形容雁叫聲如林濤，似山溪。大古，亦作「待古」、「大都」、「待都」等。有時後面

如鏡，又生怕誤了你途程。見被你冷落了瀟湘暮景，更打動我邊塞離情，還說甚雁過留聲㉑。那堪更瑤階夜永，嫌殺月兒明㉒。

（黃門云）陛下省煩惱，龍體為重。（駕云）不由我不煩惱也。（唱）

【十二月】休道是咱家動情㉓，你宰相每也生憎㉔。不比那雕梁燕語，不比那錦樹鶯鳴㉕。漢昭君離鄉背井，知他在何處愁聽㉖？

（雁叫科）（唱）

加「來」或「裏」字，均為大概、多半或總之的意思。元白樸梧桐雨雜劇第三折：「他一句話生殺，更問甚陛下，大古是知重俺帝王家。」喦溜泠泠，即岩石間溪水淙淙之聲，與林風瑟瑟相對舉，互文映襯。

㉑ 還說甚雁過留聲：原本無「雁」字，據別本補。又，脈望館本作「誰望道人過留名」；顧曲齋本作「誰望道人過留名，那堪更雁過留聲」。

㉒ 嫌殺月兒明：謂夜長更冗，孤淒難耐，連美好的明月都顯得令人嫌厭甚至惱人了。殺，亦作煞。

㉓ 休道是咱家動情：顧曲齋本作「你道是吾家也動情」。

㉔ 生憎：脈望館本、顧曲齋本皆作「難聽」。

㉕ 鶯鳴：脈望館本作「鶴鳴」；顧曲齋本、酹江集本作「鳩鳴」。

㉖ 知他在何處愁聽：脈望館本、顧曲齋本皆作「千里途程」。

【堯民歌】呀呀的飛過蓼花汀，孤雁兒不離了鳳凰城㉗。畫檐間鐵馬㉘響丁丁，寶殿中御榻冷清清。寒也波更，蕭蕭落葉聲，燭暗長門靜。

【隨煞㉙】一聲兒遶漢宮，一聲兒寄渭城；暗添人白髮成衰病，直恁的吾家可也勸不省㉚。

（尚書上，云）今日早朝散後，有番國差使命綁送毛延壽來，說因毛延壽叛國敗盟，致此禍衅。今昭君已死，情願兩國講和。伏候聖旨。（駕云）既如此，便將毛延壽斬首祭獻明妃。著光祿寺㉛大排筵席，犒賞來使回去。（詩云）葉落深宮雁叫時，夢回孤枕夜相思；

㉗ 鳳凰城：亦作「鳳城」。指京城。唐杜甫復愁詩之九：「由來貔虎士，不滿鳳凰城。」仇兆鰲注：「鳳凰城，指長安。」脈望館本、顧曲齋本均作「帝王城」。

㉘ 鐵馬：古代建築懸於檐間的鈴鐺或鐵片，風動則撞擊發聲。元王實甫西廂記第二本第四折：「莫不是鐵馬兒簷前驟風。」

㉙ 隨煞：他本俱作「尾聲」。

㉚ 直恁的句：直恁的，竟然如此。直，竟也。恁，如此、這般。吾家可也勸不省，顧曲齋本、酹江集本皆作「吾當喚不省」。

㉛ 光祿寺：官署名。光祿，即光祿卿。秦設郎中令，掌管宮殿門戶。漢武帝時改稱光祿勳，居宮中，凡光祿、大中、中散、諫議等大夫，羽林郎、五官、虎賁、左右等中郎將都歸他管轄。魏晉

雖然青塚人何在，還為蛾眉斬畫師。

（並下）

題目　沉黑江明妃青塚恨

正名　破幽夢孤雁漢宮秋㉜

後不再居宮中。北齊設光祿寺，置卿和少卿，兼管皇室膳食幕帳等。唐以後成為專管皇室祭品、膳食以及酒宴招待的機構。

㉜題目四句：元明雜劇在劇本結尾處總結全劇情節的對句。或兩句一聯或四句兩聯，最後一句一般為此劇的全名，末句最後三個字或四個字又往往是此劇的簡稱。一說「題目」與「正名」是兩個不同的概念：題目是劇情提要，正名是劇名。劇末對句為一聯者，出句是「題目」，對句是「正名」；為兩聯者，前聯是「題目」，後聯是「正名」。從現存元明刊（抄）本雜劇作品來看，情況並不那麼簡單，各種特例亦不乏見。一般說來，題目、正名實為一物，全稱是題目正名，分稱則為題目、正名。

附錄一

漢宮秋雜劇之本事

漢書卷九十四匈奴傳下（節錄）

竟寧元年，單于復入朝，禮賜如初，加衣服錦帛絮，皆倍於黃龍時。單于自言願壻漢氏以自親。元帝以後宮良家子王嬙字昭君事單于。單于驩喜，上書願保塞上谷以西至敦煌，傳之無窮，請罷邊備塞吏卒，以休天子人民。

王昭君號寧胡閼氏，生一男伊屠智牙師，為右日逐王。呼韓邪立二十八年，建始二年死。始呼韓邪嬖左伊秩訾兄呼衍王女二人。長女顓渠閼氏，生二子，長曰且莫車，次曰囊知牙斯。少女為大閼氏，生四子，長曰雕陶莫皐，次曰且麋胥，皆長於且莫車，少子咸、樂二人，皆小於囊知牙斯。又它閼氏子十餘人。顓渠閼氏貴，且莫車愛。呼韓邪病且死，欲立且莫車，其母顓渠閼氏曰：「匈奴亂十餘年，不絕如髮，賴蒙漢力，故得復安。今平定未久，人民創艾戰鬭，且莫車年少，百姓未附，恐復危國。我與大閼氏一家共子，不如立雕陶莫皐。」大閼氏曰：「且莫車雖少，大臣共持國事，今舍貴立賤，後世必亂。」單于卒從顓渠閼氏計，立雕陶莫皐，約令傳國與弟。呼韓邪死，雕陶莫皋立，為復株絫若鞮單于。

後漢書卷八十九南匈奴列傳（節錄）

昭君字嬙，南郡人也。初，元帝時，以良家子選入掖庭。時呼韓邪來朝，帝敕以宮女五人賜之。昭君入宮數歲，不得見御，積悲怨，乃請掖庭令求行。呼韓邪臨辭大會，帝召五女以示之。昭君豐容靚飾，光明漢宮，顧景裴回，竦動左右。帝見大驚，意欲留之，而難於失信，遂與匈奴。生二子。及呼韓邪死，其前閼氏子代立，欲妻之，昭君上書求歸，成帝敕令從胡俗，遂復為後單于閼氏焉。

晉葛洪西京雜記卷二畫工棄市

元帝後宮既多，不得常見，乃使畫工圖形，案圖召幸之。諸宮人皆賂畫工，多者十萬，少者亦不減五萬，獨王嬙不肯，遂不得見。匈奴入朝，求美人為閼氏，于是上案圖，以昭君行。及去，召見，貌為後宮第一，善應對，舉止嫻雅。帝悔之，而名籍已定，帝重信於外國，故不復更人。乃窮案其事，畫工皆棄市，籍其家資皆巨萬。畫工有杜陵毛延壽，為人形醜好老少，必得其真；安陵陳敞，新豐劉白、龔寬，并工為牛馬飛鳥眾勢，人形好醜，不逮延壽；下杜陽望亦善畫，尤善布色，樊育亦善布色，同日棄市。京師畫工於是差稀。

附錄二

有關漢宮秋雜劇之劇評

明孟稱舜古今名劇合選漢宮秋楔子眉批：

讀漢宮秋劇真若孤雁橫空，林風肅肅，遠近相和，前此惟白香山潯陽江上琵琶行可相伯仲也。

第一折〔醉扶歸〕眉批：

贊昭君千言萬語，不若此數語為妙。

第二折〔牧羊關〕眉批：

前三隻尚是常調，此下語語痛快盡情。

第三折折前眉批：

全折俱極悲壯，不似喁喁小窗前語也。

第三折〔梅花酒〕、〔收江南〕眉批：

數隻情既悲壯，音亦宏暢。吳興本改數語，亦頗有次第，而原本固自佳，不若仍之，存餼羊之舊。吾意古本非甚訛謬，不宜輕改。改本有勝前者，始不妨稍從之。

第四折折前眉批：

全折淒清堪聽。

清焦循劇說卷五：

王昭君事見漢書。西京雜記有誅畫工事。元明以來，作昭君雜劇者有四家，馬東籬漢宮秋一劇，可稱絕調。臧晉叔元曲選取為第一，良非虛美。但西京雜記謂王嬙自恃容貌，不肯賄，工人乃醜圖之。工人不專指毛延壽，所誅畫工，延壽而外，又有安陵陳敞，新豐劉白、龔寬，下杜陽望、樊育，同日棄世。東籬則歸咎毛延壽一人。又本青塚事，謂昭君死於江，而以元帝一夢作結。

清梁廷柟曲話：

漢宮秋〔混江龍〕云：「料必他珠簾不挂，望昭陽一步一天涯。疑了些無風竹影，恨了些有月窗紗。他每見弦管聲中巡玉輦，恰便是斗牛星畔浮槎。是誰人偷彈一曲，寫出嗟呀。莫便要忙傳聖旨，報與他家，我則怕乍蒙恩把不定心怕。驚起宮槐宿鳥，庭樹棲鴉。」又〔賺煞〕云：「你是必悄聲早接駕，我則怕六宮人攀例撥琵琶。」寫景、寫情，當行出色，元曲中第一義也。中有可議者：尚書勸元帝以昭君和番，駕唱云：「怎下的教他環珮影搖青塚月，琵琶聲斷黑江秋？」明妃死於北漠，其葬地生草，後人因以「青塚」名之。未出塞時安得有此二字？且其第三折昭君跳死黑龍江，番王明云：「就葬死江邊，號為『青塚』者。」此白又與曲自相矛盾矣。

近人王國維宋元戲曲考：

明以後傳奇，無非喜劇，而元則有悲劇在其中。就其存者言之，如漢宮秋、梧桐雨、西蜀夢、火燒介子推、張千替殺妻等，初無所謂先離後合，始困終亨之事也。

近人王國維錄曲餘談：

余於元雜劇中得三大傑作焉。馬致遠之漢宮秋，白仁甫之梧桐雨，鄭德輝之倩女離魂是也。馬之雄勁，白之悲壯，鄭之幽艷，可謂千古絕品。今置元人一代文學於天平之左，而置此三劇於其右，恐衡將右倚矣。

附錄三

馬致遠生平及漢宮秋研究重要文章索引

1. 馬致遠的雜劇　徐朔方　北京，新建設，西元一九五四年十二月號
2. 讀〈馬致遠的雜劇〉——與徐朔方先生商討元雜劇的研究方法　孟周　北京，光明日報文學遺產，西元一九五五年八月十四日
3. 馬致遠雜劇中「紫臺」一詞的解釋　方步瀛　北京，新建設，西元一九五五年三月號
4. 略談〈漢宮秋〉的主題思想　陳述桂　北京，光明日報文學遺產，西元一九五六年十一月四日
5. 馬致遠的〈漢宮秋〉　伍郢　北京，語文學習，西元一九五七年第十一期
6. 馬致遠及其〈漢宮秋〉　宗志黃　合肥，合肥師範學院學報，西元一九五九年第二期
7. 馬致遠雜劇作品的思想性和藝術性　徐扶明　北京，光明日報文學遺產，西元一九六〇年十一月六日
8. 談評價馬致遠及其作品的一些問題　趙景深　北京，光明日報文學遺產，西元一九六一年一月十五日

9. 從西漢和親政策說到昭君出塞　翦伯贊　北京，光明日報文學遺產，西元一九六一年二月五日

10. 關於〈漢宮秋〉的評價問題——與翦伯贊同志商榷　劉知漸　北京，光明日報文學遺產，西元一九六一年五月七日

11. 與翦伯贊同志商榷〈漢宮秋〉　徐扶明　原載元明清戲曲研究，見張月中主編元曲通融（下）第二〇九三頁，太原，山西古籍出版社，西元一九九九年版

12. 試論馬致遠〈漢宮秋〉的思想性　任中傑　哈爾濱，哈爾濱師範學院學報，西元一九六一年第一期

13. 〈漢宮秋〉雜劇的思想與藝術　吳新雷　北京，戲劇報，西元一九六一年第四期

14. 關於〈漢宮秋〉幾個小問題　王玉章　北京，戲劇報，西元一九六一年第十一、十二期合刊

15. 關於〈漢宮秋〉評價中的幾個問題　李春祥　開封，開封師範學院學報，西元一九六五年第一期

16. 試談〈漢宮秋〉的主題思想　宋玉柱　濟南，文史哲，西元一九七五年第四期

17. 翠葉庵讀曲瑣記·〈漢宮秋〉　王季思　載玉輪軒曲論第二五八頁，北京，中華書局，西元一九八〇年版

18. 〈漢宮秋〉所反映的歷史真實　周兆新　北京，戲曲研究，西元一九八〇年第三期

19. 馬致遠〈漢宮秋〉的評價問題　鍾林斌　古典文學論叢，濟南，齊魯書社，西元一九八一

年第一輯

20. 簡論元雜劇〈漢宮秋〉 張雲生 唐山，唐山師專學報，西元一九八一年第三期

21. 馬致遠和他的〈漢宮秋〉 陳鍵 南京，江蘇戲劇，西元一九八二年第二期

22. 元雜劇〈漢宮秋〉主題思想質疑 彭興發 昆明，昆明師範學院學報，西元一九八二年第四期

23. 從昭君怨到〈漢宮秋〉——王昭君的悲劇形象 王季思 載玉輪軒曲論新編第一頁，北京，中國戲劇出版社，西元一九八三年版

24. 馬致遠的歷史劇〈漢宮秋〉 石澤鎰 北京，中華書局編文史知識，西元一九八四年第一期

25. 〈漢宮秋〉與〈竇娥冤〉所反映的時代情況 賴橋本 首屆海峽兩岸元曲研討會論文，見張月中主編元曲通融（下）第二〇七八頁，太原，山西古籍出版社，西元一九九九年版

26. 〈漢宮秋〉悲劇藝術二題 宋常立 原載中國古代戲曲論集，見張月中主編元曲通融（下）第二〇七〇頁，太原，山西古籍出版社，西元一九九九年版

27. 〈漢宮秋〉的毛延壽形象映示了元代君昏吏奸情狀 向晨 原載渤海學刊西元一九九三年第一期，見張月中主編元曲通融（下）第二〇七三頁，太原，山西古籍出版社，西元一九九九年版

28. 〈漢宮秋〉校讀散記 鄧紹基 原載中國古代戲曲論集，見張月中主編元曲通融（下）第

二〇七四頁，太原，山西古籍出版社，西元一九九九年版

29.馬致遠雜劇的藝術特色　佘大平　武漢，江漢大學學報，西元一九九三年第四期

30.馬致遠雜劇的時代特色　佘大平　原載武漢師範學院學報西元一九八二年第一期，見張月中主編元曲通融（下）第二〇八七頁，太原，山西古籍出版社，西元一九九九年版

31.「龍樓」與「方外」之間的斷腸苦旅——馬致遠雜劇時代的文化心理透視　張大新　張進德　西元一九九九年抱犢寨國際元曲研討會論文，見張月中主編元曲通融（下）第二〇八一頁，太原，山西古籍出版社，西元一九九九年版

32.元代文士憤嫉不平之聲——談談馬致遠的雜劇與散曲　劉益國　西元一九九九年抱犢寨國際元曲研討會論文，見張月中主編元曲通融（下）第二一〇六頁，太原，山西古籍出版社，西元一九九九年版

國家圖書館出版品預行編目資料

漢宮秋／馬致遠撰;王星琦校注.——初版二刷.——
臺北市：三民，2019
面； 公分.——(中國古典名著)

ISBN 978-957-14-6003-1 （平裝）

853.5 104004271

中國古典名著

漢宮秋

撰　　者　馬致遠
校 注 者　王星琦
封面繪圖　謝祖華

發 行 人　劉振強
出 版 者　三民書局股份有限公司
地　　址　臺北市復興北路 386 號（復北門市）
　　　　　臺北市重慶南路一段 61 號（重南門市）
電　　話　(02)25006600
網　　址　三民網路書店 https://www.sanmin.com.tw

出版日期　初版一刷 2015 年 4 月
　　　　　初版二刷 2019 年 11 月
書籍編號　S857790
I S B N　978-957-14-6003-1

三民書局